山下明生

童話の島じま

はんぶんちょうだい

海のしろうま

かいぞくオネション

まほうつかいのなんきょくへんしん

ダッテちゃん

もくじ

装丁＝杉浦範茂

はんぶんちょうだい

「あついね。」

うさぎが、みみを　ぱたぱたさせて　いいました。

「ああ、あついね。」

さるも、しっぽを　ぶらぶらさせて　いいました。

「海《うみ》へ　いきたいね。」

「ああ、海《うみ》へ　いきたいね。」

うさぎと　さるは、すいかを　ひとつ　つりざおに
ぶらさげ、ふたりで　かついで　海《うみ》へ　でかけていきました。

山《やま》を　のぼって　山《やま》を　くだって、
また、山《やま》を　のぼって　山《やま》を　くだって、
みっつめの　高《たか》い　山《やま》に　のぼったとき、

足《あし》の　下《した》に　青《あお》い海《うみ》が　ひろがりました。

「ほおい、海《うみ》だぞう。」

「やっほお、海《うみ》だぞう。」

うさぎと　さるは、うさぎとびと
さるとびで、山《やま》を　はしりおりました。

海《うみ》の　においのする　風《かぜ》が、耳《みみ》もとを
ふきぬけます。

だあれも　いない　広《ひろ》い　広《ひろ》い
砂浜《すなはま》です。

「すぐに　魚《さかな》を　つろう。」

「でっかい　魚《さかな》を　つって、山《やま》の

みんなに　見《み》せてやろう。」

うさぎと　さるは、長《なが》い　つりざおの　先《さき》に、じょうぶな　つなを
しばりました。

つなの　はしに、すいかを　はんぶん　つけました。

「おいしい　えさには、おいしい　魚《さかな》。」

「大《おお》きな　えさには、大《おお》きな　魚《さかな》。」

そういって、すいかを　海《うみ》へ　なげこみました。

どっぽーん！

今《いま》か今《いま》かと、うさぎと　さるは　まちました。

でも、つりざおは　ぴくりとも　うごきません。

「すいか　たべようか。」

うさぎが　いいました。
「これ、ぼくの　すいかだよ。きみのは、
えさに　しただろう。」
さるが　いいました。
「そんなのないよ。はんぶんこしようよ。
魚《さかな》が　つれたら、はんぶん　あげるから。」
うさぎが　たのみました。
「すいかも　はんぶん、魚《さかな》も　はんぶん。
それなら　いいよ。」
うさぎと　さるは、はんぶんの　すいかを　はんぶんこして、
かわまで　きれいに　たべました。

太陽《たいよう》が、まうえに　やってきました。

頭《あたま》から、けむりが　でそうな　あつさです。

「ちょっと　およごうよ。」

さるが　いいました。

「でも、つりざおの　ばんを　しなくっちゃ。」

うさぎが　いいました。

「だいじょうぶだよ。

　あそこの　岩《いわ》で　おさえておけば。」

さるが、そばの　岩《いわ》を　ゆびさしました。

すると、岩《いわ》が　声《こえ》を　だしました。

「ほいほい、わしは　岩《いわ》ではないよ。」

岩《いわ》だと　おもったのは、せなかの　丸《まる》い　かめでした。

「あ、ちょうどいい。このつりざお　見《み》ていてね。」

「ほいほい。見《み》ててあげるから、魚《さかな》が　つれたら、
　はんぶん　ちょうだい。」

「あげる　あげる。はんぶん　あげる。」

さるは　もう、うしろも　見《み》ずに、海《うみ》へ　かけこみました。

「あげる　あげる。はんぶん　あげる。」

うさぎも、海《うみ》へ　とびこみました。

ばしゃばしゃ　水《みず》を　かけあって　あそびました。

それから、おなかを　上《うえ》にして、波《なみ》に　ぷかぷか　うかびました。

ゆりかごのように　波《なみ》が　ゆれます。

「海《うみ》って、ほんとに　いい気《き》持《も》ちだね。」

「山《やま》にも、海《うみ》が　あったら　いいのにね。」

うさぎと　さるは、はなしあいました。

「ほおい、たいへんだあ！」

とつぜん、かめの　声《こえ》が　きこえました。

見《み》ると、つりざおが、ずるずる　ずるずる
海《うみ》に　ひっぱられているのです。

うさぎと　さるは、ころがりながら
砂浜《すなはま》を　はしって、つりざおに
しがみつきました。

ものすごく　大《おお》きな　魚《さかな》です。

どんなに　ふんばっても、ずるずる　ずるずる　海《うみ》に
ひきこまれていくのです。

「たすけてえ！　海《うみ》に　のみこまれるよう。」

さるが　どなりました。

「だれか、てつだってよう！

　つれたら、はんぶん　あげるよう。」

うさぎも　さけびました。

声《こえ》を　きいて、からすが　とんできました。

「ぼくでも、ほんとに　はんぶん　くれる？」

からすは、空《そら》から　ききました。

「あげるよ。あげるから、はやく　山《やま》の　みんなを　よんできて。」

うさぎが、もう　なきそうな声《こえ》で
いいました。
からすの　しらせで、ねずみと　りすと
ももんがが　やってきました。
「でっかい　まぐろが　つれたんだって。
てつだうから、はんぶん　ちょうだい。」
「あげる　あげる。はんぶん　あげる。」
うさぎと　さるは、もう
死《し》にそうな　声《こえ》で　いいました。
つづいて、きつねと　たぬきと
やまねこが　やってきて、いいました。

「でっかい　さめが　つれたんだって。

てつだうから、はんぶん　ちょうだい。」

「あげる　あげる。はんぶん　あげる。」

いのししと　くまと　おおかみも　やってきて、いいました。

「でっかい　くじらが　つれたんだって。

てつだうから、はんぶん　ちょうだい。」

「あげる　あげる。はんぶん　あげる。」

よいところさ　よいところさ
でっかい　さかなだ　よいところさ

山《やま》の　動物《どうぶつ》たちは　かけ声《ごえ》を　あわせて、つなひきみたいに
ひっぱりました。

すこしずつ　すこしずつ　あがってきます。

よいとこらさ　よいとこらさ

かけ声《ごえ》が、大《おお》きくなりました。

海《うみ》の　水《みず》が、もりあがりました。

波《なみ》が、いっせいに　たちあがりました。

そして、魚《さかな》の　青《あお》いせなかが　のぞいた　そのときです。

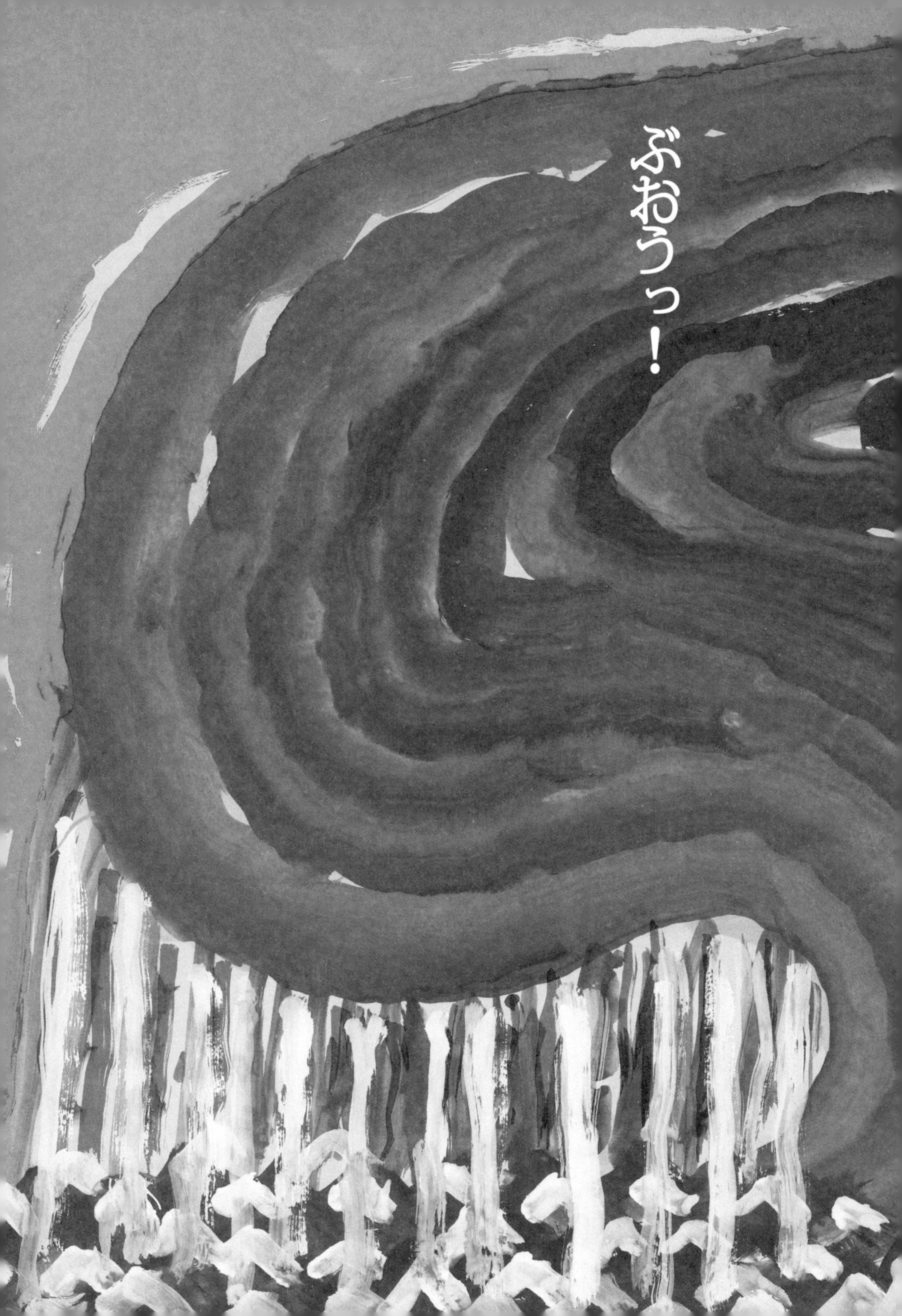
ぶおうっ！

あたりが　まっ暗《くら》に　なりました。
動物《どうぶつ》たちの　頭《あたま》の　上《うえ》に、
つめたい　大《おお》きな　魚《さかな》が　かぶさりました。
夜《よる》の　空《そら》みたいに　おおいかぶさりました。
ようやく、はいだしてきた　動物《どうぶつ》たちは、浜《はま》いっぱいに
ひろがっている　青《あお》い　魚《さかな》を　見《み》て、いいました。
「いったい、なんの　魚《さかな》だろう。」
「見《み》たことも　きいたこともない　魚《さかな》だよ。」
みんな　こわごわと、ふしぎそうに　見《み》ています。
青《あお》い　大《おお》きな　ひらべったい　魚《さかな》。
目《め》も　口《くち》もない　へんな　魚《さかな》。

「でも　いいや。へんな　魚《さかな》でも　なんでも、
ぼく、はんぶん　もらうからね、やくそくだもん。」

やまねこが　いいました。

「ぼくも、はんぶん　もらうからね。やくそくだもん。」

おおかみも　いいました。

「ぼくも、はんぶん　ちょうだい。」

「わたしも、はんぶん　ちょうだい。」

ほかの　動物《どうぶつ》たちも、うさぎと
さるに　つめよりました。

「こまったなあ。魚《さかな》は
一《いっ》ぴきだけだもの。」

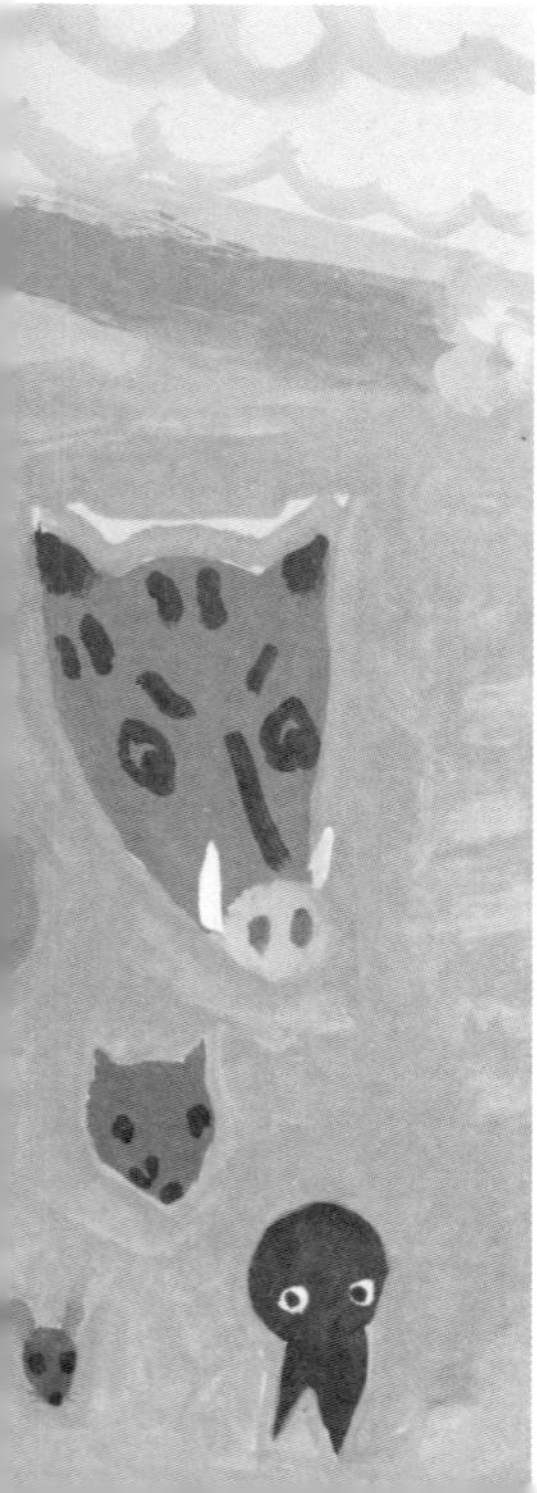

うさぎが　いいました。
「みんなに　はんぶんずつは
　あげられないよ。」
さるが　いいました。
「それなら　いいや。ぼくは、
　うさぎを　はんぶん　もらう。」
やまねこが　いいました。
うさぎは　ふるえあがりました。
「それなら　いいや。ぼくは
　さるを　はんぶん　もらう。」
おおかみが　いいました。

さるは　ふるえあがりました。

そのときです。

いちばん　さいごに
はいでてきた　かめが、いいました。

「ほいほい、これは　魚《さかな》と　ちがうよ。」

「え？　じゃ　なんなの。」

「海《うみ》だよ。」

「えっ、ほんと？」

「まちがいなし。

しょうしんしょうめいの　海《うみ》だよ。」

かめは　そういって、海《うみ》の　はしを

ばしゃばしゃ　たたきました。
「ほんとだ。これは　海《うみ》なんだ！」
うさぎが　とびあがりました。
「すごいぞ。海《うみ》が　つれたんだ！」
さるも　とびあがりました。
「わーい。
　みんなで　海《うみ》を　つりあげたんだ！」
動物《どうぶつ》たちは　みんな、とびあがりました。
「ねえ、この　海《うみ》を　山《やま》へ　もってかえろうよ。」
「ぼくたち　みんなの　海《うみ》に　しようよ。」
うさぎと　さるが　いいました。

動物《どうぶつ》たちは、いっせいに
海《うみ》の　まえに　ならぶと、
じゅうたんを　まくように
海《うみ》を　ぐるぐるまきに
しました。
そして、みんなで
かついで、
山《やま》へ　かえっていきました。

「あついね。」

うさぎが　いいました。

「ああ、あついね。」

さるが　いいました。

「海《うみ》へ　いこうか。」

「ああ、海《うみ》へ　いこうか。」

うさぎと　さるは、海《うみ》へ　でかけていきました。

もちろん、みんなで　かついでかえった
山《やま》の　海《うみ》です。

山《やま》の　海《うみ》には、もう　動物《どうぶつ》たちが　おおぜい
きて、楽《たの》しそうに　およいでいました。

かいぞくオネション

日曜日《にちようび》の すきな子《こ》
このゆびとまれ
海《うみ》の すきな子《こ》
このゆびとまれ
せなかの かゆい子《こ》
このゆびとまれ
おねしょした子《こ》も
このゆびとまれ

海《うみ》へいきたい

とっく　とっく　とっく

まどガラスがなった。ヒロは、おやっと顔《かお》をあげた。だんちの五かいのまどガラスを、ノックするなんてへんだ。どろぼうが、なわばしごをつたわって、のぼってきたのかな……。

でも、まどの外《そと》にはだあれもいない。ただ、青《あお》い空《そら》に、魚《さかな》みたいな雲《くも》がひとつ、ぷかりうかんでいるばかり。こんなによく晴《は》れた日曜日《にちようび》の朝《あさ》なのに、ヒロはひとりでごはんを食《た》べている。

どうしてひとりかというと、ヒロは今朝《けさ》、おねしょしたからだ。どうしておねしょしたかというと、パパがつりにつれていってくれなかったからだ。海《うみ》におしっこするゆめをみたら、ふとんの中《なか》だったんだ。パパだけが、つりにいってしまったんだ。

それなのにお姉《ねえ》ちゃんは、

「だんちのみなさーん、うちのヒロは、かいじゅうモラスです。おしっこをもらすかいじゅうモラス！」

すごくうれしそうにいったんだ。ヒロは、お姉《ねえ》ちゃんにかみついた。お姉《ねえ》ちゃんは、それこそかいじゅうみたいに、ぎゃーっとさけんだ。ママがとんできて、ヒロのおしりを三《みっ》つたたいた。ヒロは、ママにまくらをなげつけた。

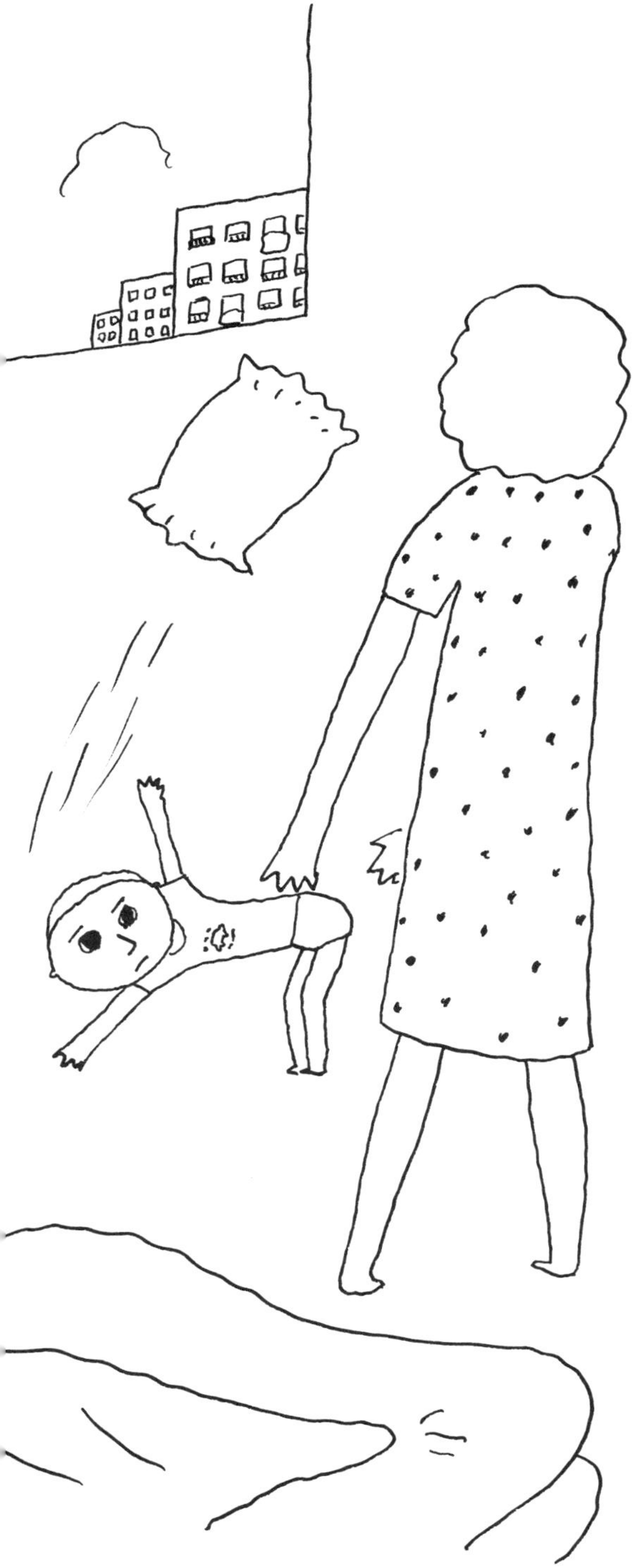

するとママは、

「こんなわるい子《こ》、知《し》りません！」

そういって、お姉《ねえ》ちゃんとでていった。

ばしーん！

ほっぺたをひっぱたくように、おもてのドアがしまって、ヒロはひとりになったんだ。

とっく　とっく　とっく
また、まどガラスがなった。はっきり三かいなった。

ヒロは、目《め》をあげた。しんぞうが、のどからとびだしそうになった。ぼわっと白《しろ》いものが、まどにはなをくっつけて、へやの中《なか》をのぞいている。

魚《さかな》みたいだ。大《おお》きな丸《まる》い魚《さかな》みたいだ。見《み》ているような見《み》ていないような目《め》で、ヒロを見《み》ている。

とっく　とっく　とっく

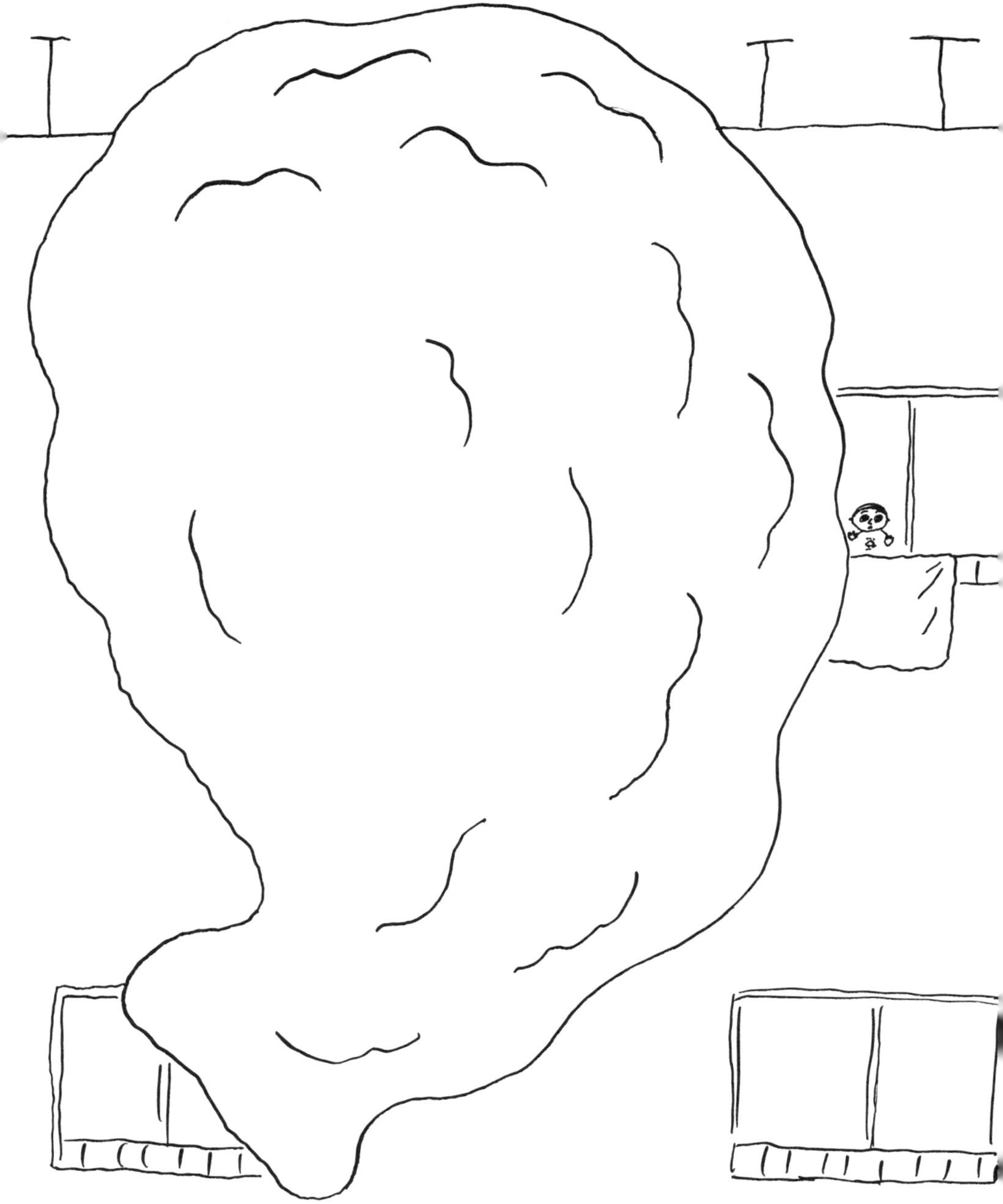

魚《さかな》が、はなでまどガラスをノックした。いきている魚《さかな》だ！　ひれをひらひらさせている。口《くち》をぱくぱくあけている。なにかヒロに、はなしかけているようだ。

ノックしたんだから、おはいりっていってやらなきゃわるいかな……。

それにしても、へんな魚《さかな》。ヒロにウインクしたんだ。中《なか》に入《い》れてというみたいに、かた目《め》をつぶってあいずしたんだ。

ヒロは、立《た》ちあがった。まどをあけた。

およぐように、魚《さかな》がへやにはいってきた。でも、大《おお》きすぎて体《からだ》はんぶんはいっただけで、まどにつっかえてしまった。短《みじか》いしっぽは、さっきヒロが、てすりにほしたおねしょのシーツの上《うえ》にのっている。

「すみません。お水《みず》をいっぱいください。」

まどにつっかえたまま、魚《さかな》がいった。

ヒロは、コップに水《みず》をくんだ。

「やかんに入《い》れてください。」

魚《さかな》がいった。ヒロは、やかんに水《みず》を入《い》れた。

「しおを少《しょう》しょう、入《い》れてください。」

魚《さかな》がいった。

ヒロは、やかんにしおをおとした。

「のませてください。」

魚《さかな》がいった。ヒロは、魚《さかな》の口《くち》に、しお水《みず》をながしこんだ。魚《さかな》のおなかで、ちゃぷんと波《なみ》の音《おと》がした。

「どうして、しおを入《い》れたの?」

こんどは、ヒロがきいた。

「わたしはマンボウ。海《うみ》の魚《さかな》だからです。」

魚《さかな》がいった。

「マンボウって、いつも海《うみ》にうかんで、
ひるねしている魚《さかな》だろ。」

ヒロがいった。

「そう。海《うみ》は、とっても気持《きも》ちがいいです。」

マンボウがいった。

「ぼくも海《うみ》へいきたいなあ。」

ヒロがいった。

「おむかえにきたところです。」

マンボウがいった。

「むかえにって、ぼくのこと?」

「もちろんです。」

「ほんと! ぼく、ちょうど海《うみ》へいきたかったんだ。」

ヒロは、とびあがってよろこんだ。

魚《さかな》の行列《ぎょうれつ》

ヒロは、マンボウのせなかにのった。ちょっと油《あぶら》くさかったので、てすりのシーツをマンボウにかけて、その上《うえ》にのった。マンボウは、はなをななめ上《うえ》にむけて空《そら》にのぼった。だんちが、マッチばこみたいに小《ちい》さくなった。光《ひか》る海《うみ》が見《み》えた。とうだいが見《み》えた。島《しま》が見《み》えた。

魚《さかな》のむれが、ひこうきの形《かたち》になっておよいでいくのが見《み》えた。

「ほら、あなたがいらっしゃるので、イワシたちもいそいでいます。」

そういいながらマンボウは、はなをななめ下《した》にむけて、海《うみ》へおりていった。

マンボウが海《うみ》にうかぶと、トビウオのむれが追《お》いかけてきた。

「ようこそオネションさま。いそぎますのでお先《さき》にしつれい。」

トビウオたちは、さっぱさっぱヒロの頭《あたま》を、とびこえていった。

また、うしろからマグロのむれが、やってきた。

「ようこそオネションさま。いそぎますので
お先《さき》にしつれい。」
マグロたちは、でっぷでっぷ波《なみ》をゆすって、
およいでいった。
ヒロは、マンボウにきいてみた。
「いったい、オネションってだれのこと?」
「ごじょうだんをいわないで、オネションさま。
わたしたちも、はやくいかなくては……。」
マンボウまでがそういって、
短《みじか》いしっぽを、いっしょうけんめい
ふりながらおよいでいった。
だんだん、魚《さかな》が多《おお》くなった。
マンボウは、魚《さかな》をかきわけかきわけすすん

だ。魚《さかな》たちのまん中《なか》に、ぽつんと黒《くろ》い島《しま》が見《み》えた。
マンボウは、ヒロを黒《くろ》い島《しま》におろした。
ヒロが、シーツをもって島《しま》に立《た》つと、
魚《さかな》たちが、うたいはじめた。

　ときどき　おねしょはするけれど
だれより強《つよ》い　かいぞくオネション
魚《さかな》のみかた　かいぞくオネション

赤《あか》い魚《さかな》は赤《あか》い魚《さかな》で、青《あお》い魚《さかな》は青《あお》い魚《さかな》で、黄《き》色《いろ》い魚《さかな》は
黄《き》色《いろ》い魚《さかな》であつまって、空《そら》にむかってうたっている。
「いったい、オネションってだれなのさ！」
ヒロは、シーツをふりまわしながら、魚《さかな》たちにどなった。
「あれまあ、ごじょうだんをいわないで。どくろのシーツをもってい
るその人が、かいぞくオンションでなかったら、わたしの首《くび》をあげてもいい。」

ヒロの立《た》っている黒《くろ》い島《しま》から、にゅっと首《くび》がでた。島《しま》だとおもったのは、大《おお》きなウミガメのせなかだった。

「どくろのシーツ？」

そういわれてみると、ヒロのおねしょのしみは、かいぞくのどくろのしるしに、にていないこともない。

「でも、ぼくオネションじゃない、ヒロだよ。」

ヒロが首《くび》をふると、ウミガメがいった。

「いや、まあ、わたしは二百三十五《にひゃくさんじゅうご》さいになりましたが、あなたのごおんはわすれはしません。ほら百年前《ひゃくねんまえ》、わるいノコギリザメにやられたきずを、なおしてもらったときのこと。」

するとクラゲもいった。

「わたしもごおんはわすれはしません。うちのおじいさんが、虫歯《むしば》をなおしてもらったこと。」

するとタコがいった。

「わたしもごおんはわすれません。うちのおじいさんのおじいさんが、かっけをなおしてもらったこと。」

魚《さかな》たちは口《くち》ぐちに、オネションにお礼《れい》をいいはじめた。

ヒロにもだんだんわかってきた。オネションっていうのは、昔《むかし》のかいぞく船《せん》の船長《せんちょう》なんだ。とっても強《つよ》いかいぞくだけど、ときどきおねしょをしたんだそうだ。かいぞくらしく、どくろじるしのおねしょをしたんだ。

かいぞくオネションは、おねしょの日《ひ》はいくさをやすんで、魚《さかな》たちのおいしゃさんになった。やさしいやさしいおいしゃさんだ。

だから、魚《さかな》たちはかいぞく船《せん》のてすりに、どくろじるしのおねしょのシーツが見《み》える日《ひ》を、楽《たの》しみにまっていたんだ。

「今日《きょう》はおねしょの日《ひ》なんでしょう。だからはやく病気《びょうき》をなおしてよ。」

ブリが、ちょっとおこった顔《かお》で、ヒロにいった。

「今日《きょう》はだれが病気《びょうき》なの？」

ヒロは、魚《さかな》たちにきいた。魚《さかな》たちは、だまって顔《かお》を見《み》あわせた。

「だれか、病気《びょうき》のものいないか！」

ブリがどなった。ようやくウミガメが、ゆっくりと口《くち》をひらいた。

「あの、まあ、わたしが病気《びょうき》です。」

「どこがわるいの？」

ヒロがきくと、ウミガメはこうこたえた。

「いやまあ、どこがわるいかなあ。頭《あたま》でもないしおなかでもないし……。そうだ、せなか。せなかがかゆいんです。」

ヒロは、ウミガメのせなかをかいてやった。そばで見《み》ていたマンボウが、体《からだ》をむずむずさせていった。

「わたしも、せなかがかゆくなった。はやくかいて。」

ヒロは、マンボウのせなかもかいてやった。マンボウは気持《きも》ちよさそうに目《め》をつぶると、ねてしまった。

「わたしも、せなかがかゆい。」

「わたしも、せなかがかゆい。」

つぎつぎに魚《さかな》がいった。

波《なみ》がひろがるようにうしろへうしろへと、「せなかがかゆい」がつたわった。

「そんなにいっぺんにはむりだよ。じゅんばんじゅんばん、さあ一列《いちれつ》にならんで！」

ヒロは魚《さかな》たちにどなった。

みるみるうちに、ヒロのまえに、魚《さかな》の行列《ぎょうれつ》ができた。行列《ぎょうれつ》は海《うみ》と空《そら》のさかいめまで、汽車《きしゃ》の線路《せんろ》のようにのびていった。

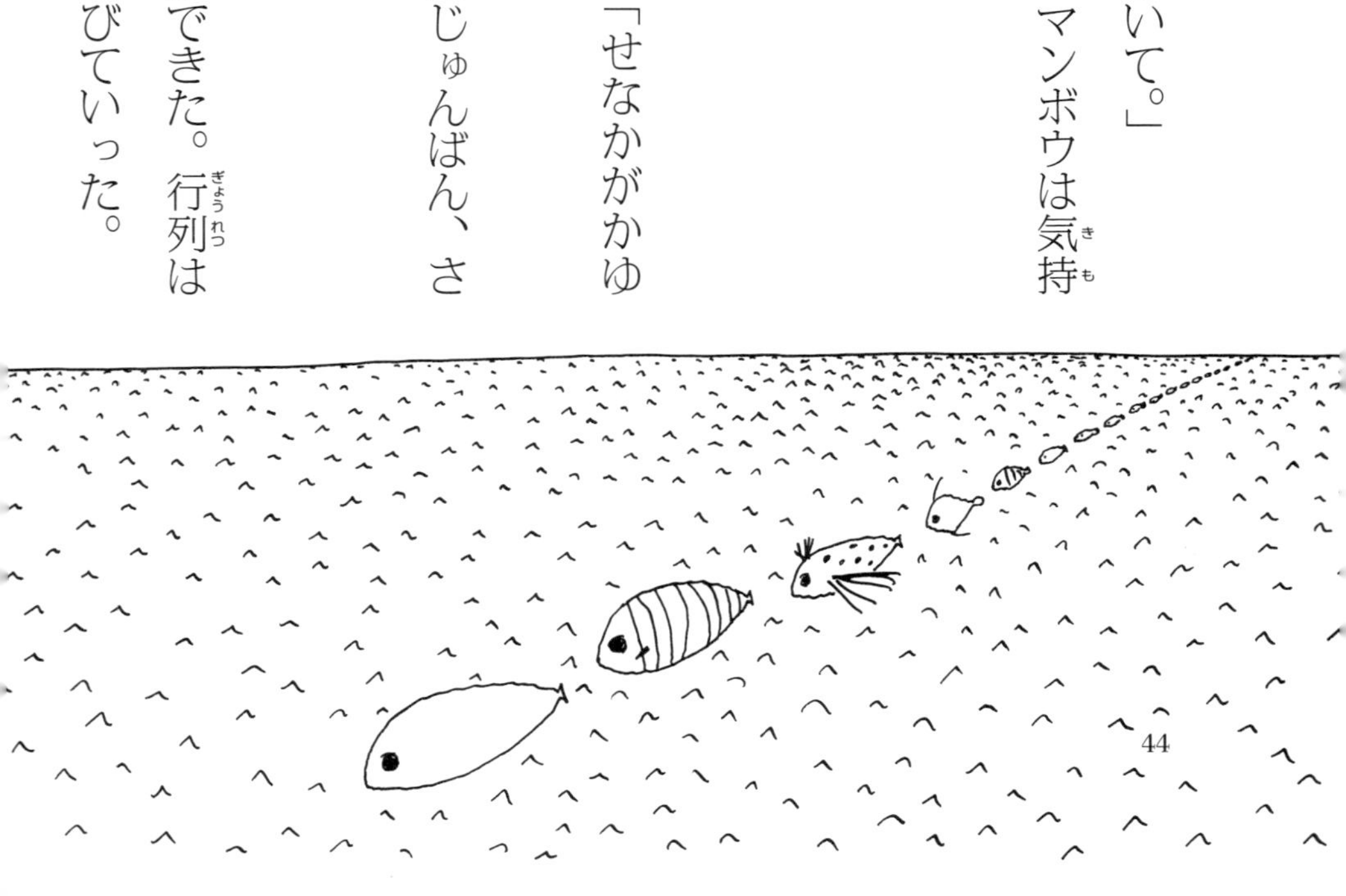

うかぶじゅうたん

ヒロが、魚《さかな》のせなかを一ぴき一ぴきかいてやっているときだった。

とつぜん、魚《さかな》の行列《ぎょうれつ》のうしろから、黒《くろ》いかげがはしってきた。

まるで、汽車《きしゃ》がとっしんするように、魚《さかな》の行列《ぎょうれつ》をしゅっぽしゅっぽのみこみながら、ヒロのまえまでやってきた。

三角《さんかく》の目《め》。長《なが》いとがったくちばし。

そのくちばしに、のこぎりのようについているぎざぎざ……。

ノコギリザメだ！　三角《さんかく》の目《め》がヒロをにらんだ。

「やい、勝負《しょうぶ》しろ！　かいぞくオネション。」

でも、ヒロはわらってしまったね。だって、ノコギリザメのおなかときたら、魚《さかな》をのみこみすぎて、今《いま》にもはれつしそうだったんだ。

「なにがおかしい。ばかにする気《き》か！」

ノコギリザメは、目《め》をつりあげておこった。

ウミガメが、首《くび》をちぢめていった。

「いや あの、今日《きょう》はオネションさまは、けんかをしない日《ひ》なんだな。知《し》らないのかな。」

「なにをなまいきな！ よし、おまえからくってやる。」

ノコギリザメは、ウミガメにおそいかかった。ウミガメは、あわてて海《うみ》のそこにもぐった。たちまちヒロは、海《うみ》にほうりだされた。

たいへんだ！ ヒロは、ゆめの中《なか》でしかおよげないんだ……。

ノコギリザメが、ヒロのズボンをひっぱった。ヒロは、ぶくぶくしずんだ。ああ、息《いき》がくるしい！

ヒロは、力《ちから》いっぱい足《あし》をけった。ようやく顔《かお》が水《みず》の上《うえ》に出《で》た。とつぜん、ヒロのはなさきで、大《おお》きなあわがぷこぷこはじけた。あわの中《なか》から、ウミガメの声《こえ》がとびだした。ウミガメが、海《うみ》のそこからさけんだのだ。

うかぶじゅうたんにつかまれ

さいごのれとどうじに、バブーン！

大《おお》きな波《なみ》がおどりあがるように、青《あお》いじゅうたんが、ヒロのまえにあらわれた。ワカメやコンブや海《うみ》のにおいがした。ヒロは、かいそうのじゅうたんにしがみついた。死《し》にものぐるいではいあがった。

ノコギリザメが、長《なが》いのこぎりでおそいかかる。ヒロは、じゅうたんの上《うえ》をはしりまわってにげる……。

「がんばれ、オネション！」

ノコギリザメのおなかの中《なか》から、魚《さかな》たちの声《こえ》がきこえた。

「うるさい、だまれ！」

ノコギリザメが、自分《じぶん》のおなかにどなりかえした。

「がんばれオネション！　がんばれオネション！」

おうえんの声《こえ》が、ますます大《おお》きくなった。

「うるさい！　うるさい！　うるさい！」

ノコギリザメは、かんしゃくをおこして、自分《じぶん》のおなかを、じゅうたんにばしんばしんたたきつけた。

「いてて、て、て！」

ノコギリザメは、うなった。ぞうきんみたいに体《からだ》をよじった。

「いてて、いてて、おなかがいてて！」

そしてとうとう、じゅうたんにあごをのせたまま、ノコギリザメは気《き》ぜつした。ノコギリザメのおなかの中《なか》で、魚《さかな》たちがわめいた。

「はやくここからだして。体《からだ》がとけてしまう！」

「よーし。まってろよ！」

ヒロは、ノコギリザメのわきばらをくすぐった。

「うひっ。」

ノコギリザメが、体《からだ》をくねらせた。そして、

「いてて！」とないた。

ヒロは、またくすぐった。

「うはっ！　いてて！」

くすぐるたびに、ノコギリザメはわらって、ないた。

くすぐるたびに、ノコギリザメの口《くち》から、魚《さかな》がとびだした。

ノコギリザメのおなかが、ずんずん小《ちい》さくなった。

さいごに、マンボウがのたりとでてきた。なんと、マンボウはまだねむりつづけていた！

海《うみ》のともだち

ノコギリザメが、しわだらけのおなかでいった。

「ああ、らくになった。でも、おなかがすいた。」

ヒロのおなかも、くくうっとなった。おなかがすくのもあたりまえだ。朝《あさ》ごはんをたべかけできたんだもの……。

「そろそろかえらなくちゃ。」

ヒロは、ねむっているマンボウのせなかをたたいた。マンボウは、やはりねむっている。フグが、ヒロのあしもとでいった。

「わたしは、まだせなかかいてもらってないよ。マンボウがおきるまでに、ちょっとでいいからかいてよ。」

「わたしも、ちょっとでいいから。」

「わたしも、ちょっとでいいから。」

魚《さかな》たちがまたさわぎはじめた。海《うみ》のそこにいるナマコや、体《からだ》じゅうにとげのあるハリセンボンまでやってきた。ヒロはこまった。

「だめだよ。はやくかえらなきゃ、ママにおしりぶたれるよ。」

ヒロは、じゅうたんのはしにこしかけると、足《あし》でじゃぼじゃぼこぎはじめた。

魚《さかな》たちが、またさわぎはじめた。

「ちょっとでいいから、せなかをかいて！」

「ちょっとでいいから、せなかをかいて！」

魚《さかな》たちは、じゅうたんのまわりをまわっては、ヒロの足《あし》に体《からだ》をすりつける。

「だめだったらだめ！　それなら自分《じぶん》たちで、せなかのかきっこをすればいい。」

ヒロは声《こえ》をからしてどなった。でも、ヒロがそういったとき、魚《さかな》たちは、もうせなかのかきっこをはじめていた。ヒロにおしよせてきた魚《さかな》たちは、どんどん、まえの魚《さかな》の上《うえ》にかさなり、ひとりでにせなかをかきあっていた。

いつのまにか、魚《さかな》たちはヒロのことなんかわすれて、せなかのかきっこにむちゅうになった。

海《うみ》のまん中《なか》に、魚《さかな》の山《やま》ができた。こんどは、ヒロがたのむ番《ばん》になった。

「ねえ、だれか、ぼくをつれてかえってよう！」

だれも返事《へんじ》をしてくれない。魚《さかな》の山《やま》は、うずをまきながら、ヒロからはなれていった。

それならいいや。このじゅうたんで、ながれていくから。パパの船《ふね》が、みつけてくれるよ……。ヒロは、またじゃぼじゃぼ足《あし》でこぎはじめた。

うしろから、ノコギリザメが追《お》いかけてきた。

「おーい、わすれものだよ！」

ノコギリザメは、くちばしの先《さき》に、ヒロのシーツをひっかけている。

「どうして、せなかかきっこしないの？」

ヒロは、ノコギリザメにきいた。

「あんなやつらと、あそべるかい。」

さっきはないたくせに、ノコギリザメはまたいばっていった。

「それなら、ぼくをつれてかえってよ。」

ヒロは、ノコギリザメにたのんだ。

「いいとも。だけど、こちらのたのみもきいてくれよ。」

「たのみって、なに?」

「ちょっとでいいから、せなかかいてよ。」

ノコギリザメは、はずかしそうにいった。

ヒロは、ノコギリザメのせなかをかいた。

「いいねえ。せなかをかいてもらうなんて、はじめてだ。」

ノコギリザメは、三角《さんかく》の目《め》をほそくした。

「それじゃ、でかけるとするか。」

ノコギリザメはそういって、じゅうたんの下《した》にもぐった。

そして、まっすぐにのぼってくると、とがったくちばしを、ぐさりとじゅうたんにつきたてた。

じゅうたんに、ほばしらができた。ヒロは、ぬれたシーツを、ほばしらにかけた。ノコギリザメのおしてくれるじゅうたんは、ヨットになって海《うみ》の上《うえ》をすべっていった。

　ときどき　おねしょはするけれど
　だれより強《つよ》い　かいぞくオネション
　おいらは　かいぞくオネションだーい

ヒロは、でたらめのふしで、オネションの歌《うた》をうたった。

カモメが、ほばしらにとまって、めずらしそうにヒロを見《み》た。シーツもふくも、すっかりかわいた。海《うみ》に白《しろ》いもやがたった。島《しま》が見《み》えてきた。太陽がもえながら海《うみ》にしずむころ、ヒロは港《みなと》についた。

「また、海《うみ》へこいよ。」

わかれるとき、ノコギリザメがいった。

「ああ、またいくよ！」

ヒロがシーツをふると、ノコギリザメは、しっぽを高《たか》くあげて、海《うみ》へかえっていった。

ヒロも、だんちをめざしてはしった。とちゅうで、むぎわらぼうしのパパに追《お》いついた。

「パパ、魚《さかな》つれた？」

ヒロは、パパにきいた。

「いや、さっぱりだめだった。ヒロくん、こなくてよかったよ。」

パパがわらった。そりゃそうさ。今日《きょう》は海《うみ》じゅうの魚《さかな》がヒロのところにあつまったんだもの……。ヒロは、パパを追《お》いこしてうちにかえった。

ばしーん！

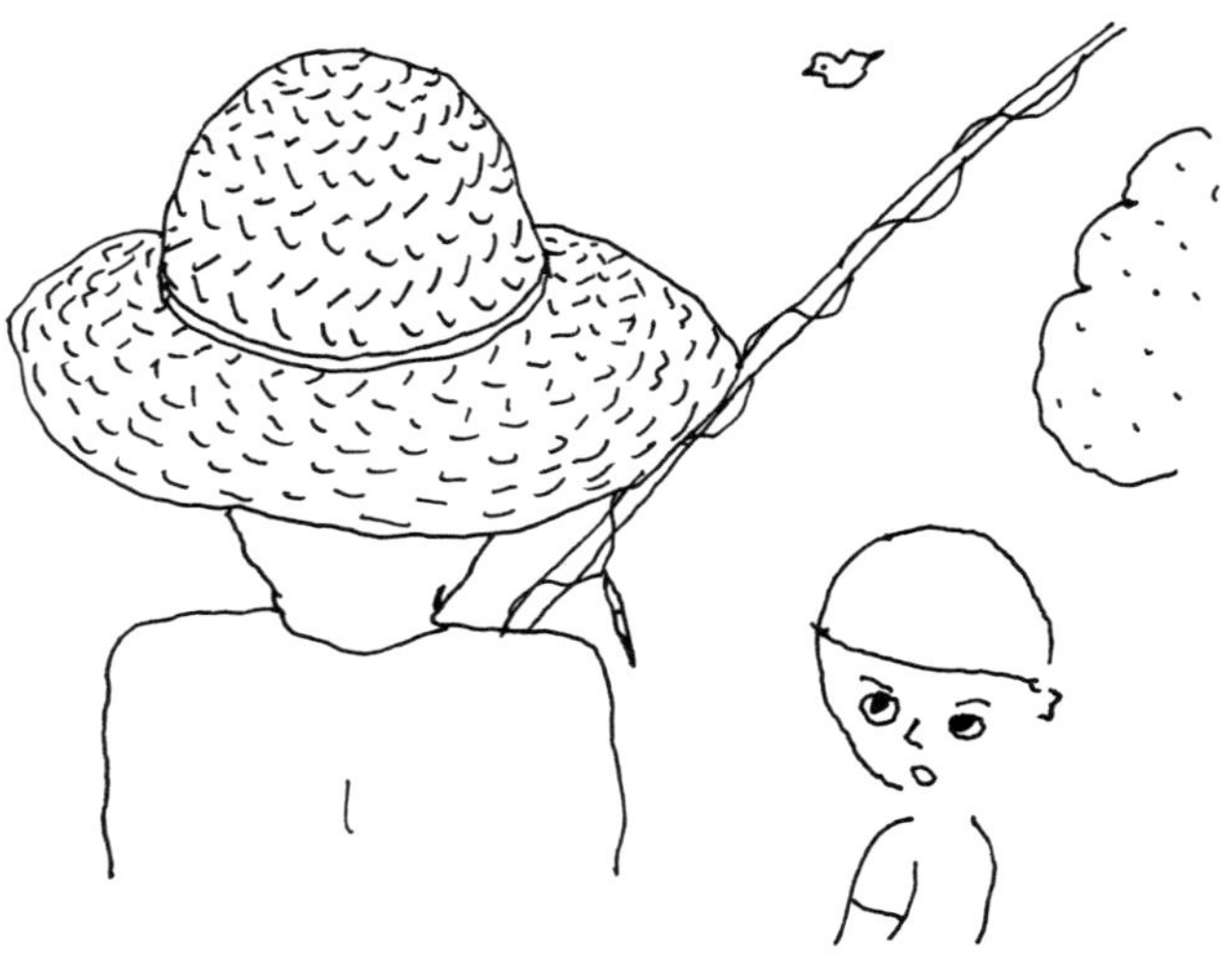

ドアをしめて、へやにとびこんだ。やっぱりママはおこっていた。

「だまって朝《あさ》から、どこへいってたの！」

ママは、ヒロのおしりを七つたたいた。でも、ヒロはないたりしなかった。だって、かいぞくオネションだもん……。ヒロは、ママにむかっていった。

「ママ、おねがいがあるんだ。」

「なによ。」

「せなか、ちょっとかいて。」

ママは、だまってヒロのせなかをかいてくれた。そして、ママはこういったんだ。

「あら、なんだかママもせなかかゆくなった。ヒロくん、ちょっとかいてくれない。」

ママの声《こえ》は、もうおこっていなかった。

ヒロがママのせなかをかいているとき、ようやくパパがかえってきた。魚《さかな》がつれなかったので、とちゅうでおみやげを買《か》ってきたらしい。

なんと、パパのおみやげは、タイやきが四つ！　ヒロとお姉《ねえ》ちゃんとママとパパは、ふうふうふきながらタイやきをたべた。

とっく　とっく　とっく　とっく
まどガラスがなった。

「風《かぜ》がでてきたな。」

パパが顔《かお》をあげた。ヒロがふりむくと、まどの外《そと》から、マンボウのような白《しろ》い月《つき》がのぞいていた。

まほうつかいの　なんきょくさん

夕《ゆう》べね、うちのママとパパ、けんかしたんだ。パパがね、バーのおみやげだといって、めずらしい氷《こおり》をもらってきたの。紙《かみ》の箱《はこ》にはいっていて、あけると、玉手箱《たまてばこ》みたいにけむりがでたよ。

けむりは、ドライアイスというもので、その中《なか》に、めずらしい氷《こおり》があった。

「すごいんだぞ。なにしろ、なんきょくの氷《こおり》だからな。これをウイスキーに入《い》れると、とけるときにチリンチャリンと、それはきれいな音《おと》がするんだ。」

パパは、よっぱらってごきげんだった。

そしたら、ママが、

「ばかみたい。どこのバーだかなんきょくだか知《し》らないけれど、氷《こおり》はどれでもおなじでしょ。」

そういったので、けんかになったの。

「いや、ちがうね。この氷《こおり》はとくべつなんだよ、な。」

パパは、あたしのほうを見《み》た。

「どうせ、とくべつ高《たか》いだけでしょ。」

ママも、あたしのほうを見《み》た。

こんなとき、ひとりっ子《こ》はこまっちゃう。どちらにみかたしても、よくないからね。あたしはだまって、さっさとベッドにもぐりこんだ。

むしあつくって、息《いき》のつまりそうな夜《よる》だった。

つぎの日《ひ》は、パパの会社《かいしゃ》がお休《やす》みの土曜日《どようび》。ママとパパはなかなおりして、朝《あさ》ごはんのあとで、さんぽにでかけた。さんぽといっても、駅前《えきまえ》のパチンコやへすずみにいくの。れいぼうがあるからね。ふたりは、うでなんかくんで、でていった。あたしはひとり、うちでるすばん。こういうときには、ついていっても、じゃまにされるだけなんだ。

今日《きょう》も、あつい朝《あさ》だった。ひとりでいると、うちの中《なか》がぐんと広《ひろ》くなるみたい。

あたしは、おふろばにいって、シャワーをあびた。それから、れいぞうこをあけて、すいかをたべた。氷入《こおりい》れに、夕《ゆう》べのけんかのげんいんの、氷《こおり》の箱《はこ》がおいてあったよ。

あたしは、れいぞうこの戸《と》をあけたまま、あおむけにねっころがって、本《ほん》をよんだ。

ちょっとおぎょうぎわるいけど、だれも見《み》てはいないでしょ。れいぞうこのつめたい空気《くうき》が、足《あし》のうらや顔《かお》にあたって、たまらなくいい気持《きも》ち。ふわっとねむくなるような……。

すると、頭《あたま》の上《うえ》で、だれかがいったの。

「あついじゃないか。戸《と》をしめろ。」

「へんなの。あつかったら、戸《と》をあけるんでしょ。」

あたしは、返事《へんじ》をして、あれっとおもった。だって、うちにいるの、あたしひとりのはずだもの。

「ずるいぞ。自分《じぶん》ひとりでよむなんて。声《こえ》をだして、おれにもきこえるようによめ。」

頭《あたま》の上《うえ》で、またいった。なんていばりくさったいいかた。あたしは、本《ほん》を顔《かお》からずらして、上《うえ》を見《み》た。

そしたらね、のぞいていたの、へんな子《こ》が。れいぞうこの戸《と》の、たまごを入《い》れるところに、まるで、すべりだいの上《うえ》から下《した》をのぞくようにして、おかしなおちびさんがいたの。そうね、せいの高《たか》さは、ボールペンのキャップくらい。なんだか、おもちゃのペンギンみたいなの。

「あんた、だあれ?」

あたしはきいた。

「なんきょくさ。」

そのおちびさんが、こたえた。

「なんきょくって名前《なまえ》なの?」

「そうさ。」

「おかしな名前《なまえ》。どこからきたの?」

「なんきょくさ。」

「どうやってきたの?」

「夕《ゆう》べの氷《こおり》といっしょにさ。」

いいながらおちびさんは、れいぞうこの屋根《やね》にとびあがった。

「へーえ。でも、夕《ゆう》べはいなかったわ。」

あたしは、本《ほん》を下《した》においた。

「まほうをつかって、かくれていたのさ。」

おちびさんはうでぐみしながら、上《うえ》からあたしを見《み》おろした。

「あんた、まほうつかいなの？」

「そうさ。なんきょくからきた、まほうつかいのなんきょくさんさ。」

「おかしいわ。自分《じぶん》の名前《なまえ》に『さん』をつけるなんて。」

「まほうつかいは、自分《じぶん》の名前《なまえ》に『さん』をつけてもいいのさ。なにしろえらいんだから。」

「ほんとうかしら。じゃ、まほうつかってみせてよ。」

「そうかんたんに見《み》せられるかよ。」

「できないからでしょ。」

「できるとも。」

「できっこないわよ。そんなおちびさんに。」

あたしがいうと、おちびのなんきょくさんは、おなかいっぱい空気《くうき》をすいこんだ。なんきょくさんの体《からだ》が、すずめくらいにふくらんだ。

「どうだ、見《み》たか。」

なんきょくさんは、じまんそうにいった。

「なによ、そんなの。ふうせんだってふくらむわ。」

あたしは、いってやった。

するとなんきょくさんは、右手《みぎて》をあげて、こうさけんだ。

「ようし。それなら、歯《は》ブラシ一本《いっぽん》、もってこい。」

あたしは、自分《じぶん》の歯《は》ブラシをとってきて、れいぞうこの屋根《やね》においてあげた。そしたらね、その歯《は》ブラシにまたがって、なんきょくさん、しゅーっととんだの。ギンヤンマみたいに。

「どうだ、見《み》たか。」

ちっちゃななんきょくさんは、テーブルの上《うえ》にちゃくりくすると、あごをつきだした。

あたしは、わざとふつうの顔《かお》をした。だって、びっくりしたら、ますますいばりそうだったもの。

「それくらい、ハエだってとぶわよ。」

あたしは、いってやった。

「ようし、見《み》てろ。」

なんきょくさんは、はいざらの中《なか》のマッチぼうをひろいあげると、自分《じぶん》の頭《あたま》のてっぺんに立《た》てた。マッチぼうの先《さき》から、パチパチと小《ちい》さな星《ほし》がとびちった。マッチぼうをくるくるまわすと、パラソルみたいに、すてきな星《ほし》の花《はな》がひらいた。

「どうだ、見《み》たか。」

なんきょくさんが、あたしを見《み》た。

「なによ、そんなの。ほんものの花火《はなび》のほうがずっときれい。」

あたしは、いってやった。

「ようし、見《み》てろ。」

なんきょくさんは、マッチぼうをもったまま、歯《は》ブラシにまたがった。

ひゅーっと三回《さんかい》、歯《は》ブラシをちゅうがえりさせて、まどのところのふうりんに、じょうずにとまった。

「たったのそれだけ？」

あたしはきいた。

「まだまだ。」

なんきょくさんは、マッチぼうをふりあげた。

「いいか。これから、なんきょくの音楽《おんがく》をきかせてやる。」

なんきょくさんは、マッチぼうのタクトをふった。ふうりんがチリンとなった。

「それだけ？」

「まだまだ。」

なんきょくさんは、タクトをふりまわした。チリンチャリンと、ふうりんがなった。

「それだけ?」

「まだまだ。」

なんきょくさんは、むちゃくちゃにタクトをふった。

けれども、やっぱりふうりんは、ふうりんの音《おと》でなるばかり。

「おかしいな。あつさのせいかな。」

なんきょくさんは、首《くび》をひねった。

あせだかなみだだかしらないけれど、たたみの上《うえ》にしずくがおちた。

「やっぱり、あつさのせいだ。体《からだ》がとけるくらいだものな。」

なんきょくさんは、顔《かお》をふいた。

「なにが、あつさのせいなの？」

「なんきょくにいたときには、おれがタクトをふると、いつもすばらしい音《おん》楽《がく》がうまれたんだ。」

「ほんとかしら。」

「うそじゃないさ。風《かぜ》もオーロラも、星《ほし》も氷《こおり》も、トウゾクカモメもアザラシもペンギンも、みんないっしょに、音《おん》楽《がく》会《かい》をはじめたのに。」

そういってなんきょくさんは、ふうりんの上《うえ》でしゃがみこんだ。あたしはすこし、ちっちゃななんきょくさんがかわいそうになってきた。

「そうだ。いいことがあるわ。」

あたしは、せんぷうきをかかえてきて、れいぞうこのつめたい風《かぜ》が、なんきょくさんにあたるようにしてあげた。

「これで、なんきょくの気分《きぶん》がでるかしら。」

あたしは、なんきょくさんにたずねた。

「すこしはね。」

なんきょくさんは、元気《げんき》のない声《こえ》でこたえた。

「こうやれば、もっとなんきょくらしくなるかしら。」

あたしは、まどをしめた。青《あお》いカーテンもしめた。

海《うみ》のそこのように、へやの中《なか》がしずかになった。

だんだん、れいぞうこのれいぼうがきいてきた。

「ありがとう。ちょっぴり気分《きぶん》がよくなった。」

なんきょくさんは、しんこきゅうをして、あたし

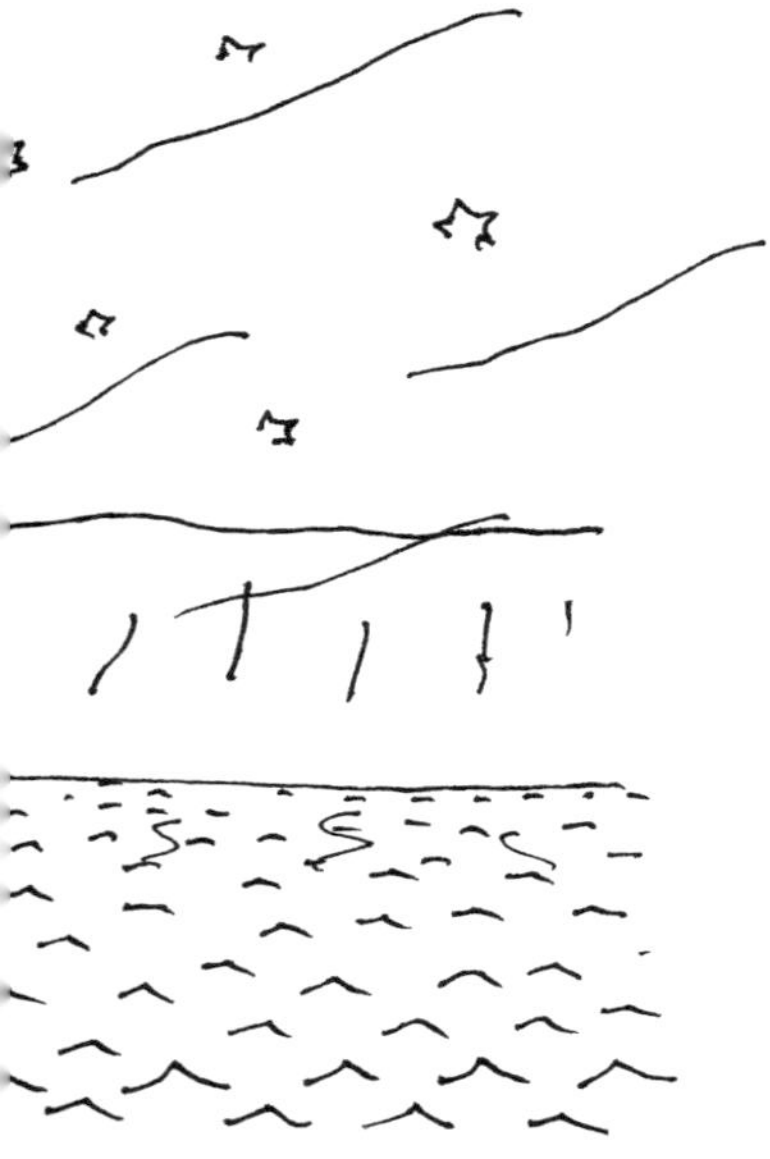

にいった。

「よし、もういっぺん、やってみる。」

なんきょくさんは、立《た》ちあがった。

大《おお》きくタクトをふりあげた。

ゆっくりと空《そら》に字《じ》をかくように、なんきょくさんはタクトをふった。

「どうだ。ちっとはきこえるかい?」

なんきょくさんは、しんぱいそうにあたしを見《み》た。

あたしの耳《みみ》のおくのほうから、遠《とお》い風《かぜ》の音《おと》がひびいてくる気《き》がした。

「きこえるみたい。風《かぜ》がフルートをふいている。」

あたしは、いってあげた。

「そうだ、そうなんだ。」

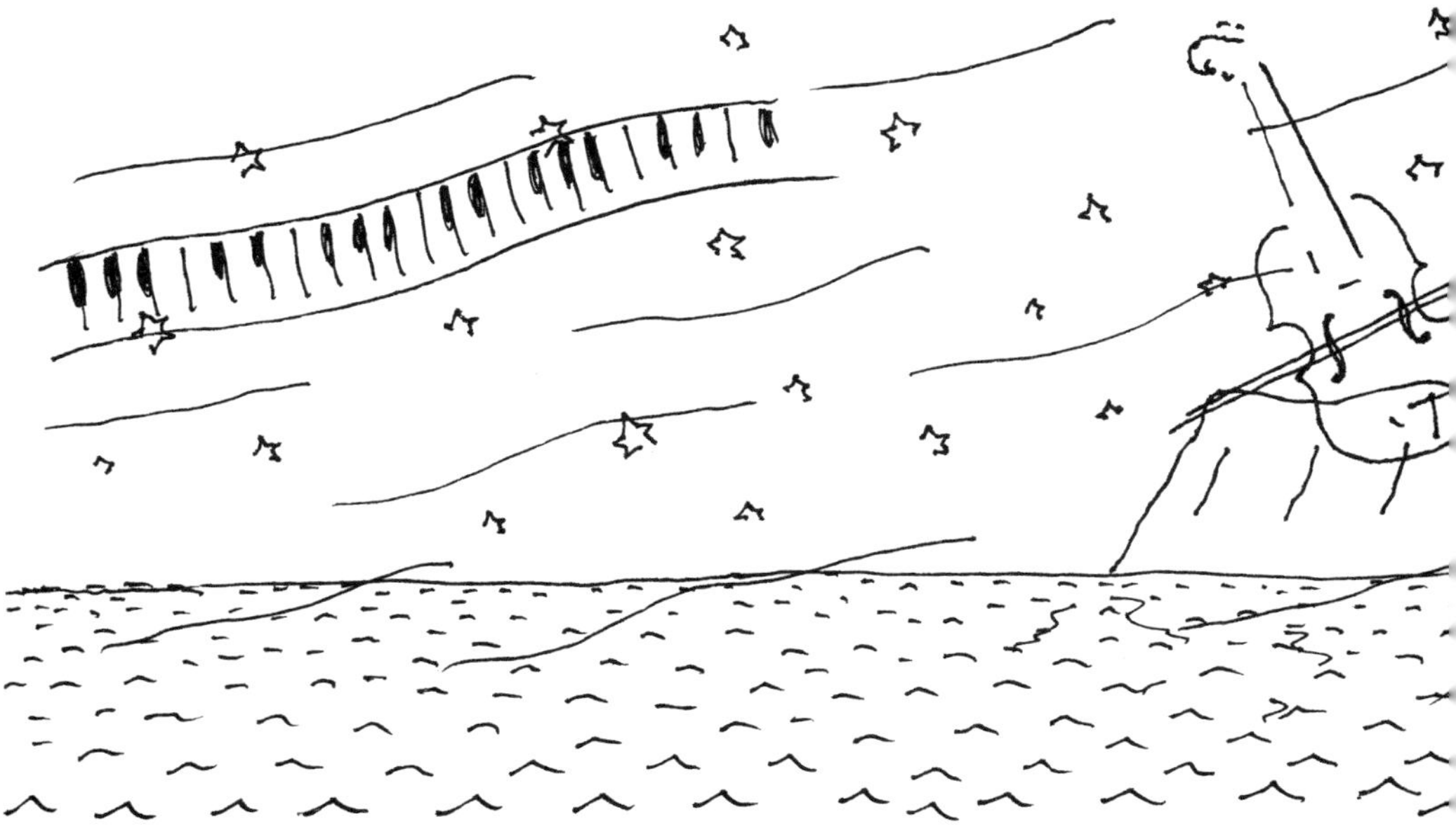

なんきょくさんが、にっこりした。

「それからね、オーロラがアコーディオンをひいている。」

あたしは、またいった。

「そうだ、そうなんだ。」

なんきょくさんは、おどるようにタクトをふった。

「すごい。星《ほし》がピアノをひいている。」

「そうだ、そうなんだ。」

「それから、氷《こおり》がバイオリンをひいている。」

「そうだ、そうなんだ。」

「トウゾクカモメとアザラシとペンギンのコーラスもきこえるよ！」

ほんとにほんとに、あたしの耳《みみ》に、ふしぎな音楽《おんがく》がきこえてきた。

しずかにすみきった、かなしいようなわくわくするような、心《こころ》にしみる音楽《おんがく》だった。

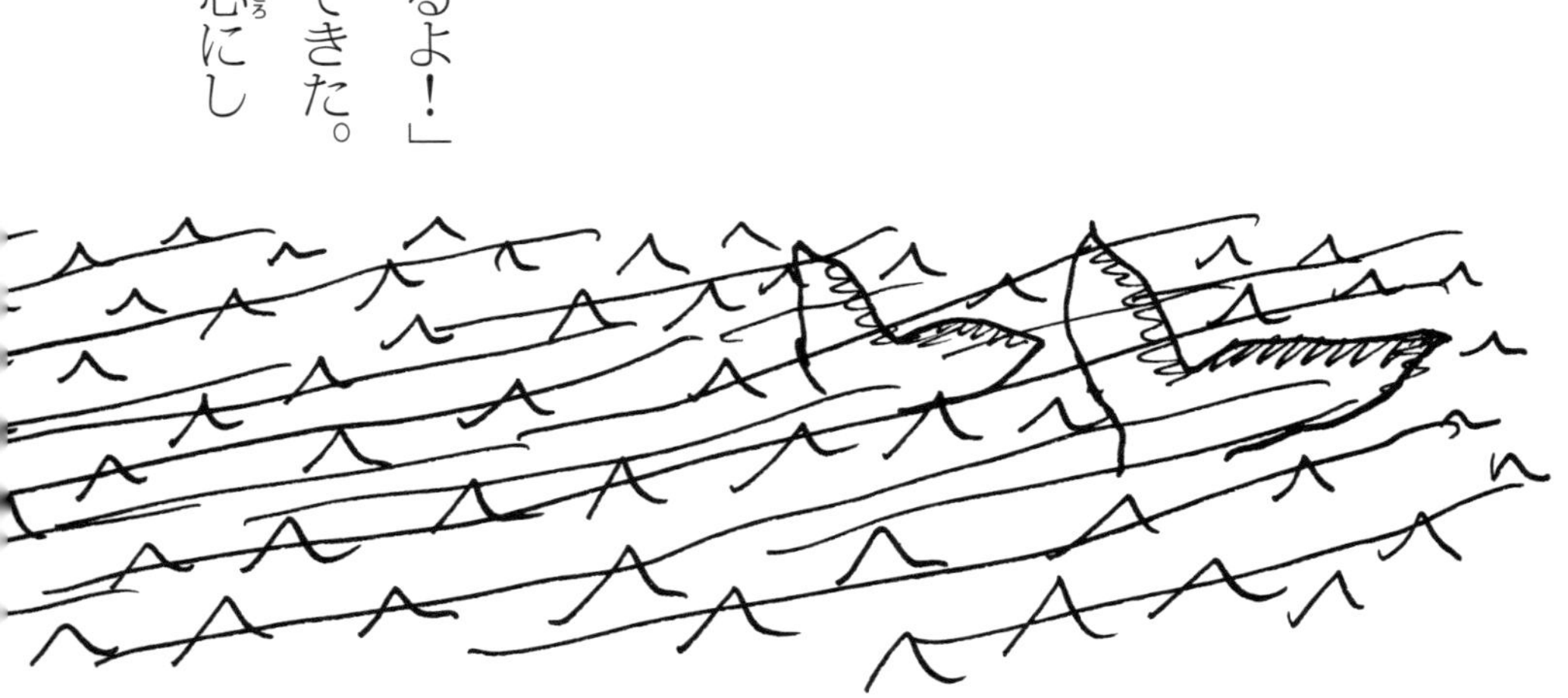

あたしは、おもわず目《め》をつぶった。あたしの目《め》のうちがわに、広《ひろ》い広《ひろ》いなんきょくのけしきがうかんできた。あたしはひとり、ペンギンみたいに氷《こおり》にのって、なんきょくの海《うみ》をながれていく。あ、クジラの親子《おやこ》が、あたしの氷《こおり》の船《ふね》を追《お》いかけてくる。あたしは、クジラたちに手《て》をふろうと、氷《こおり》の上《うえ》でせのびをした。そのときだったの。白《しろ》い大《おお》きな氷《こおり》の山《やま》が、あたしの頭《あたま》にかぶさってきた。

あぶない！

氷山《ひょうざん》としょうとつ！

ガーンと、耳《みみ》をなぐられたような音《おと》がして、なんきょくの音楽《おんがく》がとまった。目《め》の中《なか》で、星《ほし》とオーロラが、ぐるぐるまわった。

気《き》がつくと、あたしは、うちの中《なか》にころがっていた。げんかんで、ドアをしめる音《おと》がきこえた。ママとパパが、はいってきた。

「ふうっ、あつい。はしってきたのよ。あなたがさびしがっているとおもって。」

いいながらママは、カーテンとまどをいっしょにあけた。

「ねていたのかい。ひとりぼっちで。」

パパがいった。あたしは、返事《へんじ》ができなかった。なにかいったら、あたしの中《なか》にあふれている音楽《おんがく》が、なみだになってこぼれおちそう。あたしは、目《め》だけでなんきょくさんをさがしてみた。

「ジュース、のもうか。」

パパの声《こえ》がきこえた。

「そうそう。なんきょくの氷《こおり》で、つめたいジュースをのみましょう。」

ママが、台所《だいどころ》へはしっていった。

「あ、トンボだ。」

とつぜん、パパがさけんだ。

あたしは、とびおきた。まどのほうを見《み》ると、歯《は》ブラシにのったなんきょくさんが、空《そら》にまいあがっていくところだった。

「だあれ、れいぞうこあけっぱなしにしたの。」

だいどころで、ママがどなった。あたしはだまって、夏《なつ》の空《そら》をにらんでいた。

「ああ、おいしい。」

ジュースをのんで、ママがいった。

「つめたい、つめたい。氷《こおり》はどれでもおんなじだ。」

パパがわらった。

「なんきょくの氷《こおり》は、とくべつおいしい。」

あたしは、そういいかけて、言葉《ことば》をジュースでのみこんだ。だって、またけんかがはじまったらこまるもの。

あたしは、そっと、ジュースのコップを耳《みみ》にあてた。

そしたらね、とても小《ちい》さな音《おと》だけど、チリンチャリンと、氷《こおり》がなった。そして、さっきの音楽《おんがく》が、またふくらんできたの。コップについたしずくといっしょに、目《め》からなみだがながれてきた。

あたしは、コップを目《め》にあてて、ガラスごしに空《そら》をながめた。青《あお》い青《あお》い空《そら》のむこうを、歯《は》ブラシにのったなんきょくさんが、黒《くろ》い小《ちい》さな点《てん》になって、みなみのほうへきえていった。

今日《きょう》は、歯《は》ブラシ一本《いっぽん》そんしたけど、でもいいんだ。

いつか、あたし、歯《は》ブラシをとりかえしに、なんきょくへいくんだ。

ダッテちゃん

ね、たんじょうびには
海《うみ》へ　いこうよ
うまれた　ときを
見《み》るために

だんちの日曜日《にちようび》は、朝《あさ》ねぼうの日《ひ》です。

パパとママは、となりのへやでねています。

赤《あか》んぼうのハジメは、ベビーベッドでねています。

セキセイインコのプチは、ふろしきをかぶせた鳥《とり》かごの中《なか》でねています。

このみさきのだんちにひっこしてきたときから、日《にち》曜《よう》日《び》はゆっくり朝《あさ》ねぼうをすることにきめたのです。

パパの会社《かいしゃ》までとおくなったので、日曜日《にちようび》くらいゆっくりやすまないと、体《からだ》がもたないのだそうです。

それなら、ひっこしなんかしなければいいのに、こちらは海《うみ》のそばなので空気《くうき》がきれいなのだそうです。

だから、ハジメのぜんそくのためにいいのだそうです。

パパにかかると、なんでもハジメのためです。わた

しが学校《がっこう》の友《とも》だちとわかれることなんか、平気《へいき》なのです。ハジメがうまれたときのパパのよろこびかたは、ふつうじゃありませんでした。

「やったぞ、やったぞ！　こんどはぜったいに男《おとこ》の子《こ》がほしかったんだ。初《はじ》めての男《おとこ》の子《こ》だから、ハジメという名前《なまえ》にしよう。」

パパは、お酒《さけ》でまっ赤《か》な顔《かお》をして、へやじゅうをおどりまわりました。そのとき、わたしにはわかりました。「こんどは」っていったけど、わたしのときも男《おとこ》の子《こ》がほしかったのです。

だって本当《ほんとう》なら、初《はじ》めての子《こ》どもにハジメってつけるはずでしょう。わたしの名前《なまえ》のミチコなんて、たいした意味《いみ》はないようです。きっと女《おんな》の子《こ》だったので、いいかげんにつけたのです。ハジメという名前《なまえ》をつけたあとで、ママはこういってわらいました。

「あらまあ、ミチコとハジメだと、ミーチャンハーチャンだわね。」

いなかのおばあちゃんが遊《あそ》びにきたときいてみたら、ミーチャンハーチャンというのは、どこにでもあるような安《やす》っぽい名前《なまえ》のことだそうです。ハジメは、初《はじ》めての男《おとこ》の子《こ》っていうパパのよろこびがこもっているけれど、ミチコという名《な》は、考《かんが》えれば考《かんが》えるほど安《やす》っぽいとおもいます。もしかしたら、道《みち》でひろってきた子《こ》、という意味《いみ》ではないでしょうか。

それくらいなら、まだ「ダッテちゃん」といわれるほうがいいです。ダッテちゃんというのは、こちらにひっこしてからママがわたしにつけたあだ名《な》です。このごろわたしは、「だって」というのが口《くち》ぐせになったのだそうです。わたしが、「だって」というと、ママはすぐに、

「ほらまた、ダッテちゃんがはじまった。」

と、まゆをしかめます。

けれど、わたしが「だって」というのは、ママにもせきにんがあります。この間《あいだ》、わたしがどうしてうまれたのかきいたとき、ママは、

「そんなこと、まだ知《し》らなくてもいいのよ。」

と、いいました。

「だって、自分《じぶん》のことだもの、知《し》りたいよ。」

わたしがいうと、

「ほらまた、ダッテちゃんが……。」

と、ママはまゆをしかめるのです。わたしの身長《しんちょう》が、三《さん》センチ五《ご》ミリのびたときも、わたしが足《あし》にマジックでしるしをつけて、どこがのびていくのか調《しら》べようとしたら、ママは、

「ばかなことおやめなさい。」

「だって、足《あし》がのびてくれなければ、短足《たんそく》になっていやだもの。」

わたしがいうと、「ほらまた、ダッテちゃん」です。

今日《きょう》と明日《あす》がどこでいれかわるか、ねないで見《み》ておこうとしたときも、「おやめなさい」「だって」「ほらまた、ダッテちゃん」でした。

だからわたしは、ママにはもう、なにもいわないことにきめました。ママは、わたしなんかどうでもいいとおもっているのですから。

だってそのしょうこに、今日《きょう》がわたしのたんじょうびだというのに、みんな知《し》らん顔《かお》でねているのです。きっと、いつもの日曜日《にちようび》と同《おな》じように、九時《くじ》ごろまで朝《あさ》ねぼうをするのでしょう。

わたしがうまれたのは、五月《ごがつ》のさいしょの日《ひ》の、朝日《あさひ》がちょうど顔《かお》をだしたときだそうです。ずっとまえから、わたしは、わたしがうまれたのと同《おな》じ日《ひ》の同《おな》じ時《とき》を見《み》てみたいとおもっていました。だからきのう、おばあちゃんからたんじょうびのプレゼントにカオッチをおくってもらったとき、こんどこそはやおきしようと決心《けっしん》したのです。

カオッチというのは、顔《かお》の形《かたち》をした時計《とけい》です。文字《もじ》ばんに目玉《めだま》がついていて、時計《とけい》の音《おと》にあわせてキロキロうごきます。口《くち》のところには、日《ひ》にちと曜日《ようび》があらわれるようになっています。3と9のよこには耳《みみ》のようなねじがあり、右《みぎ》のねじは日《ひ》にちと曜日《ようび》、左《ひだり》のねじは目《め》ざましのはりをあわせるしかけです。わかりやすく絵《え》にかいてみると、だいたいこんな形《かたち》です。

なんだか、昔《むかし》のさむらいの顔《かお》みたいでしょう。はながまっ赤《か》で、目玉《めだま》が茶《ちゃ》色《いろ》で、ふちが金色《きんいろ》で、とってもすてきです。

この時計《とけい》を見《み》たとき、パパは、

「なるほど。えいごで時計《とけい》のことをウオッチっていうからな。それに顔《かお》をつ

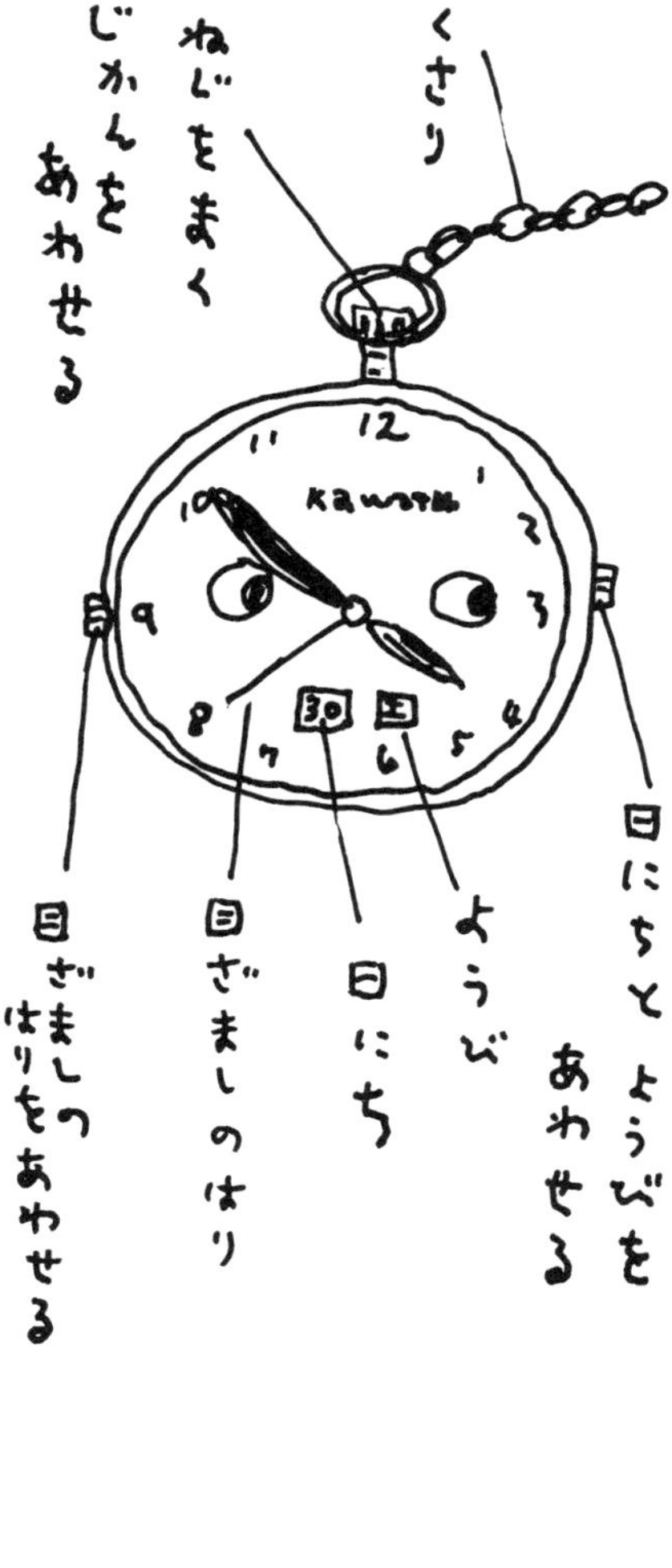

けてカオッチか。」

と、感心《かんしん》していました。するとママは、まゆをしかめていいました。

「でも、こんなにちゃんとうごく時計《とけい》、ミチコにはまだぜいたくだわ。おばあちゃんは、子《こ》どもにあますぎるんだから。」

「だって、わたしが電話《でんわ》でたのんだのよ。」

わたしがいうと、ママは、セキセイインコみたいな声《こえ》をだしました。

「ミチコ、いつおばあちゃんに電話《でんわ》したの。」

わたしは、だまってママの手《て》からカオッチをとりもどしました。そして、ねるときまで、ママの顔《かお》は見《み》ないで、カオッチの顔《かお》ばかり見《み》ていました。

ふとんにはいって、わたしはカオッチの目《め》ざましのはりを、四時《よじ》はんにあわせました。しんぶんで調《しら》べたら、明日《あした》の五月《ごがつ》一日《ついたち》の日《ひ》の出《で》は、四時五十分《よじごじっぷん》だったからです。わたしは、カオッチのはりをあわせながら、いいました。

「ママなんかだーいきらい。いつも、おでこにしわばかりよせて。いまにきっと、顔《かお》じゅうしわしわのうめぼしおばあになるからね。」

するとカオッチは、こんな顔《かお》でわたしをにらみました。

わたしは、あわてて電気《でんき》をけし、ふとんをかぶりました。

それでもわたしは、なかなかねむれませんでした。

カオッチのチキチキなる音《おと》が、耳《みみ》のあなをくすぐるので、なんべんも目《め》がさめました。

ようやく、すこしねむったので、電気《でんき》をつけてカオッチを見《み》ました。そしたらカオッチは、ママみたいにおでこにたてじわをよせていました。わたしは、カオッチにあかんべーをしました。とたんに、日《ひ》にちが30日《にち》から31日《にち》にかわりはじめました。

「ちがうわ、31日《にち》じゃないよ。だって、わたしのたんじょうびでしょ。」

わたしは、日《ひ》にちを１になおして、カオッチの頭《あたま》をコチンとたたいてやりました。それでカオッチは、おこったのかもしれません。わたしがねたかとおもったら、セミが百《ひゃっ》ぴきもあつまったような音《おと》でなきだしました。わたしは、バッタみたいにとびおき、カオッチの耳《みみ》をおさえて音《おと》をとめました。

もうすこしで、パパとママをおこすところでした。

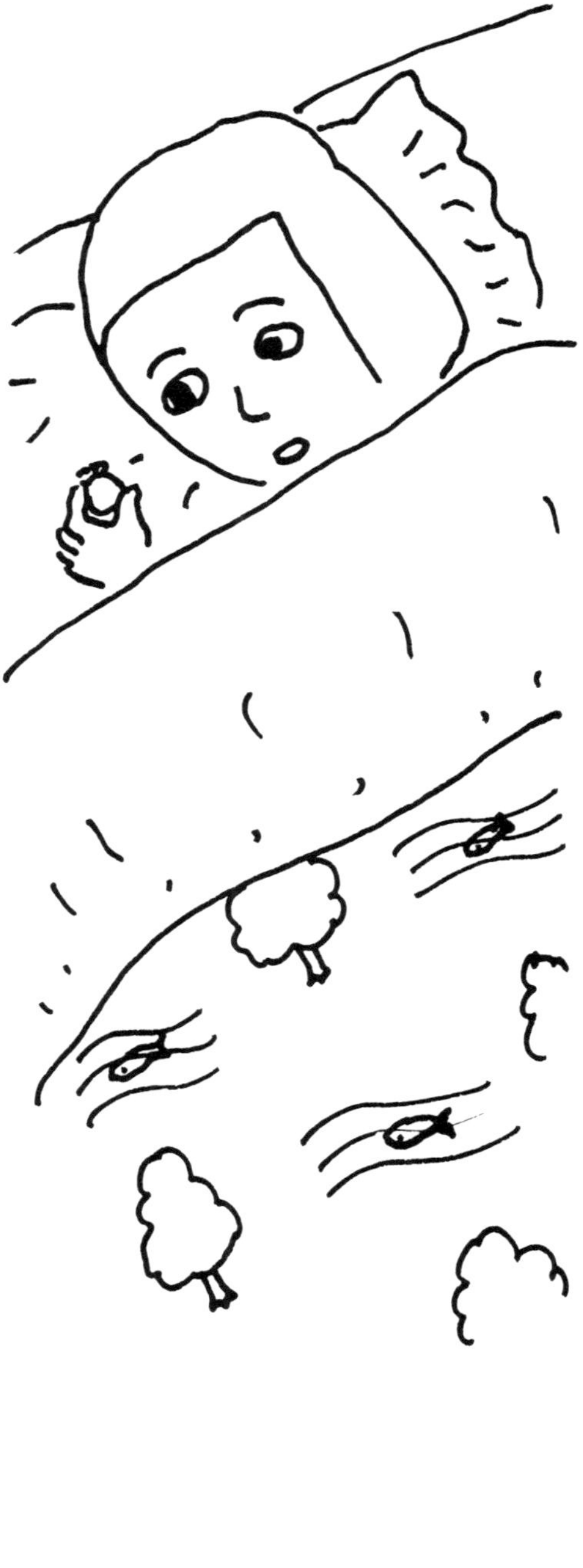

「だめじゃないの。今日《きょう》は、朝《あさ》ねぼうの日《ひ》なんだから。」

わたしは、カオッチに口《くち》をつけていいました。それからわたしは、カーテンをひいてまどをそっとあけました。

時計《とけい》は四時《よじ》はんなのに、外《そと》はすっかり朝《あさ》の色《いろ》でした。しんこきゅうをすると、朝《あさ》のにおいが、体《からだ》じゅうにしみわたりました。スズメがねぼけた声《こえ》で、チュチュとないていました。ぎょ船《せん》が海《うみ》にでていく音《おと》が、トトトン　トトトンと、空《そら》をノックしていました。

さあこれから、たんじょうびのたんけんにでかけるんだ。そうおもうと、わたしのしんぞうもトトトン　トトトンと鳴《な》りはじめました。わたしは、カオッチの目《め》ざましのはりを、8時《じ》にあわせました。

「これから出発《しゅっぱつ》よ。だいじょうぶ、今日《きょう》は、朝《あさ》ねぼうの日《ひ》なんだから、8時《じ》にもどればしかられっこないわ。」

わたしがいうと、カオッチははりきって、ひげをぴんとはりました。

そう、こんな顔《かお》で。

わたしは、パジャマをきたまま、ペンダントのように首《くび》からカオッチをぶらさげました。ズックをはいて、そっとげんかんのかぎをあけました。

かいだんをおりると、だんちの道《みち》のはしにならんでいる自動車《じどうしゃ》が、動物《どうぶつ》みたいな目《め》で、じろじろわたしを見《み》ました。

わたしは、知《し》らん顔《かお》して、出口《でぐち》にむかってあるいていきました。だんちをでるとすぐのところに、クローバーのびっしり生《は》えた原《はら》っぱがあります。原《はら》っぱにはさくがしてあり、「キケン　ハイルナ」と、らんぼうに赤《あか》ペンキでかいた立《た》てふだがついています。

このまえわたしは、パパと四《よ》つ葉《ば》のクローバーをさがしにきたとき、この原《はら》っぱにはいろうとして、しかられました。四《よ》つ葉《ば》のクローバーをみつけたら、いいことがあるんだと、パパは教《おし》えてくれたのです。だからわたしは、いっ

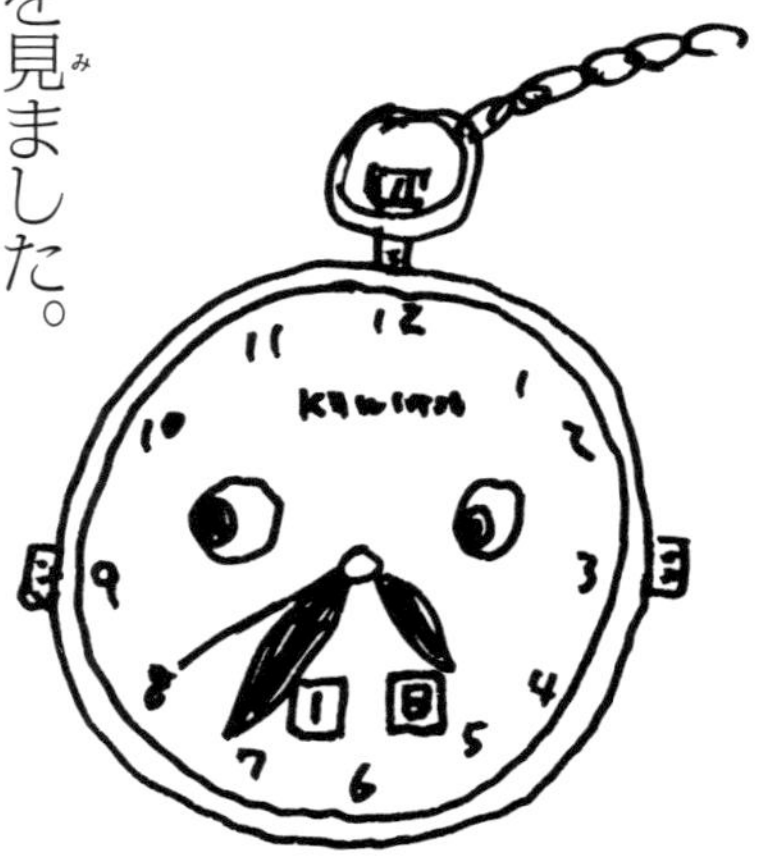

ぱいっぱい四《よ》つ葉《ば》のクローバーをさがそうとおもったのに、パパがじゃまをしたのです。ここに、いちばんたくさん生《は》えているのに。

でも今日《きょう》は、だれもじゃまする人《ひと》なんかいません。わたしは、ウサギのようにさくをとびこえて、クローバーの原《はら》っぱにはいりました。このまえのときはなかったのに、今朝《けさ》はクローバーの白《しろ》いつぼみが、夜明《よあ》けの星《ほし》みたいにちらばっています。来年《らいねん》の春《はる》までには、この原《はら》っぱもだんちになるのです。だから、どうしても今《いま》のうちに、さがしておかなければいけないのです。

クローバーは、たいていは三《み》つ葉《ば》のものばかりで、四《よ》つ葉《ば》はめったにありません。このまえのときには、ようやくパパがだんちの公園《こうえん》で一本《いっぽん》みつけたきりでした。だけど、今日《きょう》はカオッチといっしょにきたせいでしょうか。カオッチがトンとわたしのむねをたたいたとき、足《あし》もとをさがしたら、すぐにみつかりました。

おどろいたことに、そこだけ四《よ》つ葉《ば》のクローバーが、かたまってあったのです。ちょうど七本《ほん》、わたしのとしと同《おな》じ数《かず》だけみつかりました。

わたしは、クローバーを右手《みぎて》にもち、とびはねながら原《はら》っぱをよこぎりました。原《はら》っぱのむこうの国道《こくどう》を、はしってわたりました。国道《こくどう》のすぐ下《した》は、もう海《うみ》でした。

海《うみ》には、今日《きょう》のさいしょの太陽《たいよう》が、バラ色《いろ》にうつっていました。一つ一つの波《なみ》の頭《かしら》にも、一つ一《ひとひと》つのぬれた小石《こいし》にも、朝《あさ》の光《ひかり》があたっていました。

わたしは、浜辺《はまべ》の草《くさ》にこしをおろして、波《なみ》をながめました。浜《はま》にうちよせる波《なみ》は、七《なな》つ目《め》がいちばん大《おお》きいのです。

一《ひと》つ、二《ふた》つ、三《みっ》つ、四《よっ》つ、五《いつ》つ、六《むっ》つ、バンザーイ。

一《ひと》つ、二《ふた》つ、三《みっ》つ、四《よっ》つ、五《いつ》つ、六《むっ》つ、バンザーイ。

まるで、わたしの七《なな》つのたんじょうびをおいわいするように、波《なみ》は七《なな》つ目《め》ごとにいっせいに手《て》をあげて、バンザーイをしてくれました。わたしは、いつまでもいつまでも波《なみ》をかぞえていました。波《なみ》がくだけると、まっ白《しろ》いあわ

が砂浜《すなはま》にシーツのようにひろがります。朝日《あさひ》をあびたシーツの上《うえ》に、またつぎの波《なみ》がかぶさって、まえのシーツは、海《うみ》の中《なか》にひきこまれていきます。白《しろ》いシーツが、一《いち》まい一《いち》まい海《うみ》のそこにたたみこまれていくみたいです。きっとなんまん年《ねん》も、いやなんおく年《ねん》も、海《うみ》はこうして砂浜《すなはま》に、シーツをほしつづけているのでしょう。

わたしは、波《なみ》うちぎわにちかづいて、あわのシーツをもっとよく見《み》ようとしました。そして、ぎょっと立《た》ちどまりました。

ちょうど波《なみ》と砂《すな》とのさかいめに、白《しろ》っぽい鳥《とり》がころがっていたのです。名前《なまえ》はわからないけれど、たぶんわたり鳥《どり》です。まるで空《そら》をとんでいるゆめをみているようにはねをひろげ、くちばしをむねにつっこんで死《し》んでいました。わたしは、鳥《とり》のそばにしゃがみ、四《よ》つ葉《ば》のクローバーではねをなでてやりました。

ふと目《め》をあげたとき、わたしは砂浜《すなはま》にぽくぽくとつづいている黒《くろ》いかげをみつけました。それは、大《おお》きな足《あし》あとでした。わたしのてのひらほどもある犬《いぬ》の足《あし》あとでした。近《ちか》くに、人《ひと》の足《あし》あとはありませんでした。大《おお》きな犬《いぬ》が一《いっ》ぴきだけ、この砂《すな》浜《はま》をあるいていったんだわ。わたしがくるちょっとまえに……。そう気《き》がついたら、きゅうに体《からだ》が寒《さむ》くなりました。

わたしは、いそぎ足《あし》で砂《すな》浜《はま》をよこぎり、国《こく》道《どう》にあがりました。車《くるま》ははしっていないのに、国《こく》道《どう》のしんごうは赤《あか》でした。わたしは、わたろうかどうしようかと考《かんが》えながら、しんごうの下《した》でまっていました。

そのとき、わたしの目《め》の先《さき》を、とことこわたっていく鳥《とり》がいました。キジよりももっと小《ちい》さい、茶《ちゃ》色《いろ》の鳥《とり》でした。のどのあたりがぽっと赤《あか》い、ずんぐりした鳥《とり》です。この鳥《とり》なら、まえにも見《み》たことがあります。パパと林《はやし》をさんぽしたとき、「チョット　コイ　チョット　コイ」というふうにないていました。

そう、コジュケイという名《な》前《まえ》です。コジュケイは、まるでわたしをさそう

ように、ちらっとこちらをむき、またとことこあるいていくのです。わたしは、こっそりコジュケイのあとを追《お》いかけました。コジュケイは、ずんずんあるいて、畑《はたけ》につづく細《ほそ》い道《みち》をのぼりました。そして、そばのささやぶにひょいときえました。

わたしも、よつんばいになって、ささやぶにもぐりこみました。そうしたら、あったのです。ささやぶのおくの草《くさ》の上《うえ》に、ちらりと、かれ葉《は》色《いろ》の鳥《とり》のすがたが見《み》えました。さっきのコジュケイが、巣《す》の中《なか》にしゃがみ、茶《ちゃ》色《いろ》っぽいたまごをだきよせたところでした。

わたしは、わくわくうれしくなりました。もしかしたら、わたしがうまれたのと同《おな》じ日《ひ》に、あのたまごがかえるかもしれません。わたしは、親鳥《おやどり》をおどろかさないように息《いき》をとめて、ささやぶの出口《でぐち》まであとずさりしました。道《みち》までもどると、わたしは首《くび》をのばして、うちにかえる近道《ちかみち》をさがしました。

そのときでした。大《おお》きな赤犬《あかいぬ》が、畑《はたけ》の中《なか》の一本道《いっぽんみち》を、こちらにやってくるのが見《み》えたのです。きっと、海辺《うみべ》をうろついていたあののら犬《いぬ》です。いかにもおなかをすかせたように、土《つち》にはなをつけてにおいをかぎかぎ、あるいてきます。

わたしは、わたしの体《からだ》が石《いし》になるのがわかりました。犬《いぬ》がひとあしちかづくたびに、わたしのしんぞうがひとつずつのどからとびでる気《き》がしました。犬《いぬ》にかまれて死《し》ぬまえに、わたしのしんぞうがなくなってしまいそうでした。それでもわたしは、足《あし》を力《ちから》いっぱいふんばって、犬《いぬ》がささやぶにはいるのをとうせんぼしました。だって、だって、わたしがにげたら、今日《きょう》うまれるかもしれないひな鳥《どり》が、たべられてしまうでしょう。

犬《いぬ》の足音《あしおと》が、すぐそばまできています。犬《いぬ》のはな息《いき》が、いまにもわたしの顔《かお》にかかりそうです。わたしの体《からだ》から、すーっと力《ちから》がぬけました。

たすけて……だれかきて……。

さけぼうとしても、声《こえ》がでません。ぎゅっと目《め》をとじて、わたしは手《て》の中《なか》の四《よ》つ葉《ば》のクローバーをにぎりしめました。

そのとき、とつぜんカオッチが、すごい音《おと》でわめきだしたのです。わたしは、びっくりして目《め》をあけました。でも、もっとびっくりしたのは、赤犬《あかいぬ》のほうでした。赤犬《あかいぬ》は、「キャン!」となさけない声《こえ》をたてると、でんぐりがえって今《いま》きた道《みち》をにげていきました。

わたしは、しばらくじっと、そこにすわりこんでいました。しんぞうがポンプみたいにうごいて、あとからあとからなみだがわいてきます。

海《うみ》のほうから、汽笛《きてき》の音《おと》がひびいてきました。わたしは、なみだをふいて空《そら》をあおぎました。こいのぼりのさおの先《さき》に、金色《きんいろ》のやぐるまが、きらきらきらきらまわっていました。わたしは、四《よ》つ葉《ば》のクローバーを、手《て》の中《なか》から一本《いっぽん》ぬきました。そして、おまもりのかわりに、鳥《とり》の巣《す》の入口《いりぐち》においてあげました。

うちにもどると、やっぱりパパもママもまだねむっていました。セキセイインコのプチだけが、ふろしきをかぶせたかごの中《なか》で、ペチャクチャしゃべっていました。わたしは、六本《ろっぽん》の四《よ》つ葉《ば》のクローバーをガラスのコップに入《い》れ、テレビの上《うえ》におきました。

それから、しずかにふとんにもぐりこみ、あの茶色《ちゃいろ》っぽいたまごのように丸《まる》くなりました。

もういちど目《め》がさめたとき、もうみんなおきていました。台所《だいどころ》から、ケーキをやくにおいがながれてきました。テレビのへやをのぞくと、

「やあ、おたんじょうびおめでとう。」

パパが、テレビを見《み》ながらいいました。だけど、テレビはついていませんでした。パパは、テレビの上《うえ》のクローバーを見《み》ていたのです。

「ふしぎなプレゼントがとどいてるんだ。四《よ》つ葉《ば》のクローバーが、七本《ななほん》も。」

パパは、目《め》をしぱしぱさせました。

「六本《ろっぽん》でしょ。」

おもわず、わたしはいいました。

「そうだったかな。」

パパの目《め》がわらいました。

わたしは、コップに手《て》をのばし、クローバーをかぞえてみました。でも、たしかに七本《ななほん》ありました。

なかの一本《いっぽん》は、すっかりかわいたきれいなおし葉《ば》のクローバーでした。

「ほんと、七本《ななほん》あるわ。だれがもってきたのかしら。」

きゅうに、わたしのむねが、ぎゅっとあつくなりました。パパは、じっとわたしの顔《かお》を見《み》ています。

わたしは、パパから目《め》をはずして、むねにつるしたカオッチを見《み》ました。

「カオッチくん。あんたなら知《し》ってるでしょう。だってカオッチは、ずっとおきていたんだもの。」

わたしは、カオッチをてのひらにのせていいました。すると、カオッチは、

「わたしはなにも知《し》りません。」

そういいたそうに、こんなとぼけた顔《かお》をしていました。

海のしろうま

すこし昔《むかし》、ぼくがきみくらいの子《こ》どもだったころ。

ぼくは、だいすけじいちゃんと、海《うみ》のそばでくらしていた。庭先《にわさき》には、じいちゃんと同《おな》い年《どし》のいちじくの木《き》が、海《うみ》をのぞきこむように立《た》っていた。きれいな海《うみ》だったなあ！　はだしで海《うみ》にはいると、足《あし》の指《ゆび》をくすぐりにくる魚《さかな》の顔《かお》まではっきり見《み》えた。

だいすけじいちゃんはりょうしだから、朝日《あさひ》がのぼるまえに船《ふね》で沖《おき》へでていった。そして、夕日《ゆうひ》がしずむころ、ちゃっちゃっちゃっちゃっと波《なみ》をきざんでもどってきた。ぼくはいつも、いちじくの木《き》のてっぺんにまたがり、夕日《ゆうひ》がつけた金色《きんいろ》の道《みち》に、じいちゃんの船《ふね》があらわれるのをまっていた。船《ふね》が見《み》えると、手《て》をふってさけんだ。

「おかえり！　だいすきじいちゃん！」

ほんとうにぼくは、じいちゃんがだいすきだった。

さくらの花《はな》びらがどっとふり、海《うみ》を白《しろ》いおびになって

ながれていった春《はる》のある日《ひ》、沖《おき》からはやめにもどってきただいすけじいちゃんが、ぼくにいった。

「明日《あした》は大《おお》しけじゃ、はるぼう。とばされんように、家《いえ》をつなでしばっちょこう。」

「あらしがくるんか、うれしいのお。」

海《うみ》がしけると沖《おき》の仕事《しごと》はやすみになる。一日中《いちにちじゅう》、じいちゃんといっしょなのだ。だからぼくは、あらしが来《く》るのがうれしかった。

家《いえ》のしゅうりがすむと、じいちゃんは、台所《だいどころ》で酒《さけ》をのんだ。

「今《いま》ごろは、遠《とお》い沖《おき》の海《うみ》を、しろうまがとびよるじゃろう。しろうまは、あらしのつかいじゃけん。」

じいちゃんは、やき魚《ざかな》を太《ふと》い指《ゆび》でさばき、ぼくの口《くち》に入《い》れながらいった。

「海《うみ》を、うまがとんでいくんか？」

「そうじゃ。あらしの日《ひ》にはの、白《しろ》いうまが、何百《なんびゃく》も何千《なんぜん》もむれになって、海《うみ》の上《うえ》をはしりまわる。」

「しろうまの子《こ》どももおるんか?」

「子《こ》どもも、父《とお》ちゃんも、母《かあ》ちゃんもおる。」

「ぼくも、しろうま見《み》たいのお。」

「だめじゃ。しろうまはまものよ。たましいをひっこぬくほどきれいななりをして、船《ふね》を、海《うみ》のまん中《なか》のしろうまの国《くに》へおびきよせるんよ。」

「ぼくの父《とお》ちゃんも、しろうまの国《くに》へいったんか?」

「そうかもしれん……」

ぼくの父《とお》ちゃんは、ずっとまえのあらしの日《ひ》に、沖《おき》へでていったまま、かえってこない。

それで、母《かあ》ちゃんは病気《びょうき》になり、しげこおばちゃんのうちに、ねたきりなのだ。風《かぜ》がでてきたらしく、天《てん》じょうの電球《でんきゅう》がゆれはじめた。

「のう、はるぼうや。いちじくにのぼるのは、はあやめんかい。海《うみ》へおちでもしたら大《おお》ごとじゃけん。」

だいすけじいちゃんが、酒《さけ》をつぎながらいった。

「いやじゃ。じいちゃんがもどってくるのを、木《き》の上《うえ》からみはるんよ。」

「いやか。それじゃ、庭《にわ》にみはり台《だい》をつくったら、木《き》にはのぼらんかのお。」

「ほんまか、じいちゃん。」

ぼくは、だいすけじいちゃんのひざにあがりこんだ。

「ほんまじゃ。上《うえ》でねながらでも海《うみ》が見《み》える、みはり台《だい》をつくっちゃろう。」

「二《に》だんベッドみたいなのがええ。上《うえ》にぼくがねて、下《した》にじいちゃんがねるやつ。」

「よっしゃ、よっしゃ。」
「車《くるま》もつけて、馬車《ばしゃ》みたいにうごかせるやつ。」
「よっしゃ。明日《あした》あらしで沖《おき》がやすみなら、馬車《ばしゃ》のような、二《に》だんベッドのようなみはり台《だい》をつくっちゃろう。」
だいすけじいちゃんは、あごのたわしひげで、ぼくの頭《あたま》をごりごりなでた。風《かぜ》が強《つよ》くなった。かいじゅうのような太《ふと》いうでで、みっしみっし家《いえ》をゆすった。おしっこをしに庭《にわ》にでると、いちじくの葉《は》がうらがえしになってふるえていた。
あーした　あらしに　なーれ
あーした　しろうま　とんでこい
じいちゃんのひざの中《なか》で、電球《てんきゅう》にしがみついてゆれているハエを見《み》ながら、ぼくはいつかねむっていた。

＊

目《め》をさますと、朝《あさ》だった。しょうじに朝日《あさひ》があたり、いちじくのかげがくっきりとうつっていた。あらしなんかじゃなくって、すみからすみまでまっ青《さお》な空《そら》だった。

「なんだ、あらしはこないじゃないか！」

ぼくは、だいすけじいちゃんのふとんにとびのった。ところが、ふとんの中《なか》はからっぽ。家《いえ》の外《そと》にも、じいちゃんはいなかった。さかみちをおおまたにとんで、ぼくは海《うみ》へはしった。

「だいすけ！　だいすけ！」

砂浜《すなはま》を、はしからはしまでさがしてみた。が、じいちゃんはいなかった。あらしじゃなかったので、沖《おき》へでていったのかもしれない……。そうおもいながら、波《なみ》うちぎわに目《め》をやったとき、ぼくははじめて気《き》がついたのだ。砂《すな》の上《うえ》のふしぎなあしあとに。

さいしょぼくは、青《あお》い貝《かい》がらがちらばっているのかとおもった。だけどよ

く見《み》ると、青《あお》い貝《かい》がらみたいなあしあとだった。まるで、今朝《けさ》の空《そら》をはさみで切《き》ってはりつけたような青《あお》いあしあとが、みさきのむこうまでつづいている。ぼくは、あしあとにちかづいた。すると目《め》の下《した》のあしあとがきえた。貝《かい》が砂《すな》にもぐるみたいにすっときえた。あしあとをたどっていくと、ここまでおいでとさそうように、つぎつぎにきえていく。ぼくはふしぎなあしあとを追《お》いかけて、みさきをまわった。

そこで、はっと立《た》ちどまった。あしあとのむこうの波《なみ》うちぎわに、白《しろ》いけものが見《み》えたのだ。波《なみ》のつづきのように、しぶきをあびて立《た》っている。

海《うみ》のしろうまだ！

すぐにわかった。まだ小《ちい》さいから、きっとしろうまの子《こ》どもなのだ。はらばいになって、ぼくはしろうまのほうへよっていった。どうしても、もっと近《ちか》くで見《み》たかった。

「何《なに》しよるんじゃ、はるぼう。」

とつぜん、せなかで声《こえ》がした。その声《こえ》におどろいたのか、しろうまは波《なみ》におどりこんだ。ふりむくと、だいすけじいちゃんだった。

「しろうまがいた、あそこに。」

ぼくは、波《なみ》うちぎわをゆびさした。

「しろうまじゃありゃせん。あれは波《なみ》じゃ。」

だいすけじいちゃんが、わらった。

「しろうまじゃった。ほら、あしあとが……。」

ぼくは、砂《すな》のむこうを目《め》でおった。が、あしあとも、いつのまにやらきえている。

「ねぼけちょると、波《なみ》にだまされて、海《うみ》へ引《ひ》っぱりこまれるど。」

じいちゃんが、またわらった。ぼくは、くちびるをかんだ。ぜったいにあれは、しろうまの子《こ》どもなんだ。

「どうしたはるぼう。魚《さかな》に口《くち》をたべられてしもうたか。きげんなおして、こっちへきてみい。ええものがある。しろうまのおみやげかもしれん。」

だまりつづけて海《うみ》をにらんでいるぼくの手《て》を、だいすけじいちゃんが引《ひ》っぱった。ぼくは、じいちゃんについて、いりえのおくへはいっていった。

「ほら、あれを見《み》てみい。」

だいすけじいちゃんの指《ゆび》のむこうに、くじらのあばらぼねみたいなのが、砂《すな》をかぶってころがっていた。

「なんだ、てんま舟《せん》のほねじゃないか。」

ぼくは、口《くち》をとがらせた。

「そうよ。ゆうべのあらしが、もってきたのよ。はるぼうがねているうちに、あらしはとおりすぎたが、ええおみやげをとどけてくれた。」

「何《なに》にするんじゃ、これを？」

「どうかのお、ふたりでなおしてみちゃ。下《した》が舟《ふね》で上《うえ》がみはり台《だい》の、二《に》だんベッドにならんかのお。」

じいちゃんは、ぼくを見《み》てにやりとした。

ぼくは、じいちゃんの手《て》をにぎりしめた。

やっぱり、だいすきじいちゃんだ！

ゆうべのやくそくをまもって、みはり台《だい》のざいりょうをさがしにきてくれたのだ。ぼく

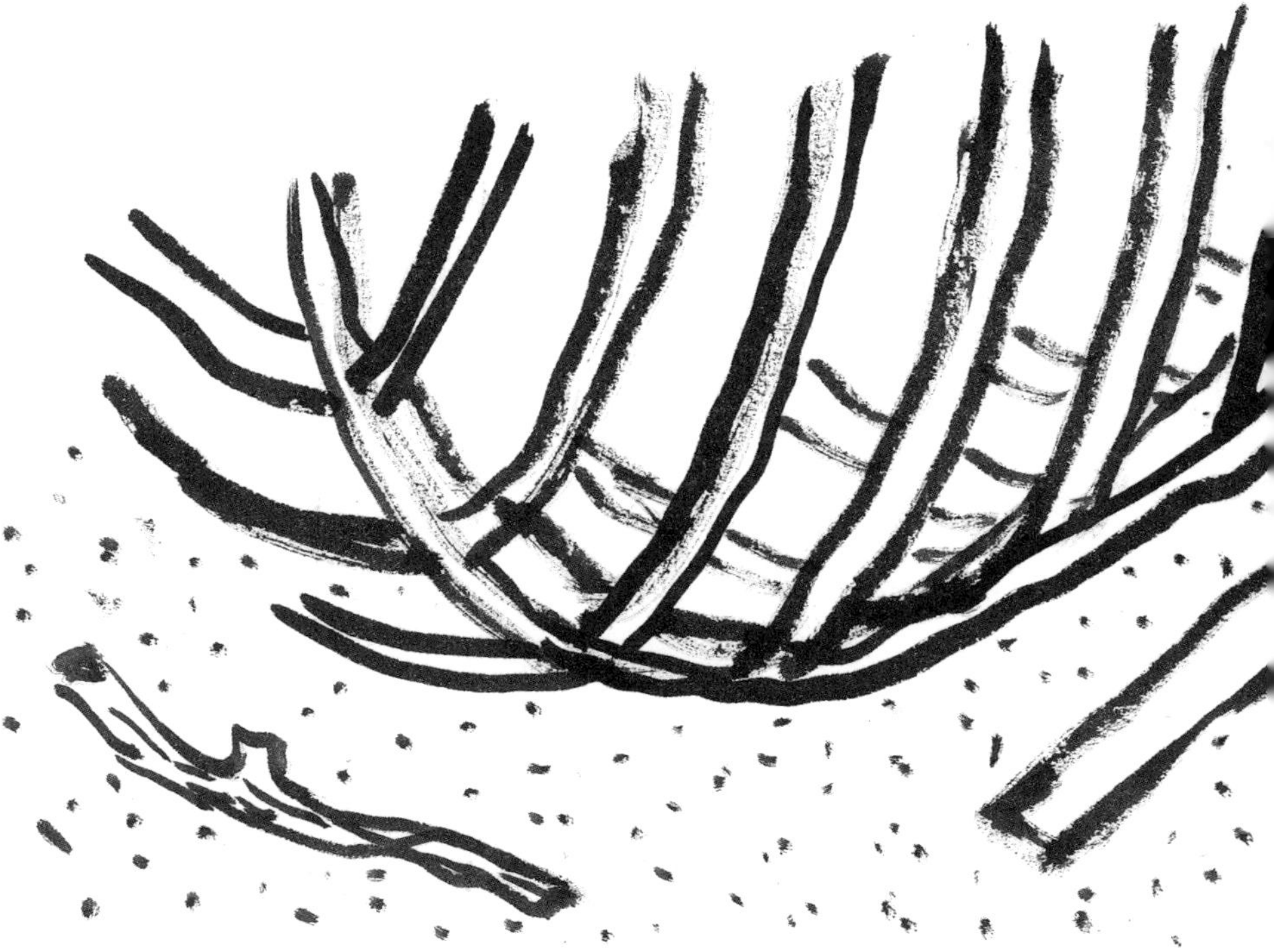

とじいちゃんは、もっともっとざいりょうをさがした。ざいもくやつなや板《いた》きれや、いろんなものがみつかった。

「じいちゃん、しろうまは、いっぱいおみやげをもってきてくれたのお。」

「そうよ。海《うみ》はなんでももっちょるんじゃ。」

だいすけじいちゃんはじまんそうに、げんこつでこしをたたいた。

＊

だいすけじいちゃんとぼくがつくったみはり台《だい》を、見《み》せてあげたかったなあ。じいちゃんは、昼《ひる》ごはんもたべないでつくってくれたんだ。一階《いっかい》が舟《ふね》で、二階《にかい》がてすりのついたみはり台《だい》だ。二階《にかい》へのぼれるはしごがあって、舟《ふね》の下《した》には車《くるま》も四《よっ》つついている。ぼくだって、あせがながれてせなかがかゆくなるほどはたらいた。

それからぼくは、毎日《まいにち》みはり台《だい》にのぼった。学校帰《がっこうがえ》りに、病院《びょういん》で母《かあ》ちゃんの薬《くすり》をもらい、しげこおばちゃんちでごはんをたべる。そして、おばちゃん

ちのみちこの子守《こも》りをしたり、まきわりをてつだったりする。用事《ようじ》がすむと、ぼくはいそいで、みはり台《だい》にのぼった。上《うえ》からは、いけがきのむこうの海《うみ》がぜんぶ見《み》えた。

みはり台《だい》からながめる海《うみ》は、すてきだったなあ！

ぼくの目《め》の高《たか》さまで水《みず》があり、体《からだ》ごと海《うみ》にうかんでいるような気《き》がするんだ。海《うみ》は、きしの近《ちか》くが緑色《みどりいろ》で、沖《おき》のほうが青《あお》くって、水平線《すいへいせん》のあたりがむらさき色《いろ》で、まるで三本《さんぼん》の大《おお》きな川《かわ》がながれているみたい。ときどき、水面《すいめん》をつきやぶって魚《さかな》がとんだ。遠《とお》い波《なみ》のすきまから、あのしろうま

の子《こ》どももこちらをのぞいているようで、いつまで見《み》ていてもあきなかった。

いちじくの葉《は》のつけねに、小《ちい》さな実《み》がふくらみはじめた。晴《は》れた夜《よる》、ぼくとだいすけじいちゃんは、庭《にわ》のみはり台《だい》でねた。あみをかやのかわりにかぶせて、星《ほし》を見《み》ながらねむるんだ。あみについたしおのにおいが、もうふの中《なか》までしみこんだ。

そんなとき、じいちゃんは、みはり台《だい》を浜《はま》辺《べ》までおしていった。しお水《みず》でといだごはんでにぎりめしをつくり、しお風《かぜ》にふかれながらたべるんだ。キャンプにきているような、しあわせな夜《よる》だった。

その年《とし》はじめて台風《たいふう》がちかづき、だいすけじいちゃんは二日《ふつか》つづけて仕事《しごと》をやすんだ。

三日《みっか》めの朝《あさ》、ぼくはじいちゃんの船《ふね》を見送《みおく》りに、浜《はま》へおりた。海《うみ》には、うねりがのこっていた。かもめがみんな、風《かぜ》に頭《あたま》をむけてふなべりにとまり、ひさびさの朝日《あさひ》をあびていた。

砂《すな》についた波《なみ》もようをふみながら、ひとりで、かえりかけたぼくは、ふとうしろからつけられている気持《きも》ちがした。立《た》ちどまると、うしろのかすかな足音《あしおと》もとまる。あるきはじめると、またついてくる。

あの、しろうまかもしれない！

むねが、どきんと鳴《な》った。ふりむくときえてしまいそうで、ぼくは知《し》らんふりをしてみさきをまわっ

た。そして、すばやく岩《いわ》かげにかくれた。岩《いわ》のすきまからのぞいてみた。

しろうまでは、なかった。白《しろ》い大《おお》きな犬《いぬ》だった。波《なみ》のあわにうしろあしをひたし、まえあしをつっぱってこちらを見《み》ている。おとなしそうなぶどう色《いろ》の目《め》で、こちらを見《み》ている。ひょっとしたら、しろうまが犬《いぬ》にへんそうして、ぼくにあいにきたのかもしれない……。

「しろうま!」

思《おも》いきってよんでみた。白《しろ》い犬《いぬ》は、ぴくんと耳《みみ》をうごかした。ひとあし、こちらにあるきかけた。それからきゅうにまわれ右《みぎ》すると、波《なみ》うちぎわを、はねながらにげていった。

犬《いぬ》のぬれたあしあとに、青《あお》い空《そら》がうつっていた。

＊

つぎの日《ひ》、ぼくは世界一《せかいいち》はやく目《め》をさました。とてもしずかな朝《あさ》だった。地球《ちきゅう》がぎゅうにゅうびんにしずんだみたいなまっ白《しろ》な朝《あさ》だった。下《した》のベッドのだいすけじいちゃんをおこさないように、ぼくは浜辺《はまべ》へおりていった。みさきも海《うみ》もかもめも、こいきりの中《なか》で息《いき》をひそめている。きりの晴《は》れるのをまちながら、ぼくは小石《こいし》をひろっては、海《うみ》になげた。

おおなみ　こーい　しろうま　こーい

じっと目《め》をひらいていると、きりははい色《いろ》に見《み》えたり、ばら色《いろ》に見《み》えたりする。

うっすらと、きりのおくに白《しろ》いかげがにじんだ。こちらにゆっくりちかづいてくる。ぼくのまわりの空気《くうき》がふるえた。そして、きのうの白《しろ》い犬《いぬ》の目《め》が、ぼくのすぐそばにあった。めずらしそうにぼくを見《み》ている。

「ねえ、海《うみ》のしろうまだろ。」

ぼくはいった。声《こえ》がかすれていた。白《しろ》い犬《いぬ》は、ぼくの顔《かお》をやさしくなめた。ぼくも、犬《いぬ》のはなをなめてやった。しょっぱい海《うみ》のあじがした。

もう、ぼくたちは友《とも》だちだった。

ぼくは、犬《いぬ》にへんそうしたしろうまに、しろという名《な》をつけたんだ。

「しろ！」とよぶと、犬《いぬ》は波《なみ》のようにしっぽをふった。ぼくがはしると、しろもかける。しろは、ぼくの体《からだ》に自分《じぶん》の体《からだ》をすりつけたりするんだ。ぼくは、シャツをぬいで、しろのぬれた体《からだ》をふいてやった。しろは目《め》をつぶり、くふんくふんとのどのおくでわらった。

それからしろは、まえあしをおってすわり、せなかへのれというように、ぼくの顔《かお》をのぞきこんだ。

「だめだよ。おまえはまだ子《こ》どものうまだから、大人《おとな》になったらのせてもらうよ。」

ぼくは、しろのせなかをかるくたたいた。

しろの毛《け》は、風《かぜ》のようにやわらかだった。

潮《しお》がみちてきた。いつのまにか、きりは晴《は》れていた。

頭《あたま》の上《うえ》で、かもめがみゃーみゃー鳴《な》いた。しろは、きゅうに立《た》ちあがって、みさきのむこうへはしっていった。

うちへもどると、だいすけじいちゃんは、おきだしたところだった。

「どこへいっていた、こんな時間《じかん》に。シャツもズボンも、びしょぬれじゃないか。」

じいちゃんは、おこった声《こえ》でいった。

「海《うみ》のしろうまと、あそんできたんよ。」

「海《うみ》のしろうま？」

「そう。しろうまが犬《いぬ》になって、浜《はま》へきちょったんじゃ。」

ぼくは、だいすけじいちゃんにしろうまとあったことを話《はな》した。

「おおかた、浜《はま》でねて、ゆめでも見《み》たんじゃろう。」

じいちゃんが、いった。

「ちがう！　ほんまにしろうまはおるんじゃ。」

ぼくはどなった。じいちゃんがこまった顔《かお》でいった。

「あのなあはるぼう。海《うみ》のしろうまは、ほんまにはおらんのよ。沖《おき》の白波《しらなみ》をそうよぶだけじゃ。」

「そいじゃ、もしほんまにおって、ここへつれてきたら、うちでかってもええか。」

ぼくは、じいちゃんをにらんだ。じいちゃんは、心配《しんぱい》そうにぼくのひたいに手《て》をあてた。

「ほれみい。朝《あさ》はようからぬれてくるけん、かぜをひいたろうが。かぜで頭《あたま》がおかしゅうなっちょる。母《かあ》ちゃんとこで薬《くすり》もろうてのんじょこう。」

だいすけじいちゃんは、いやがるぼくをしげこおばちゃんちへあずけると、さっさとりょうにでかけていった。

「たいりょうじゃ、たいりょうじゃ。気味《きみ》がわるいほど魚《さかな》がつれた。これで、母《かあ》ちゃんの薬代《くすりだい》もひと安心《あんしん》。」

夕方《ゆうがた》、だいすけじいちゃんはごきげんでかえってきた。

「しろうまのおかげじゃ。ぼくが、しろうまと友《とも》だちになったけん、じいちゃんにもたいりょうをくれたんじゃ。」

ぼくは、うれしくなってさけんだ。

「しろうま？　まだそがいなこといいよる……。」

じいちゃんは、ぼくのおでこに自分《じぶん》のおでこをくっつけた。

「ねつはないようじゃが、頭《あたま》のおかしいのは、まだなおらん。」

じいちゃんは、ぼくの頭《あたま》をとんとんたたいた。ぼくは、返事《へんじ》をしなかった。

明日《あした》になったら、明日《あした》になったら、しろうまをつれてきて、じいちゃんに見《み》せてやる……！

朝《あさ》がくるのをまちきれず、星《ほし》ののこっているうちにぼくは浜《はま》へはしった。

「しろうま！　しろ！」

　みさきのほうへよんでみた。しろがとんできた。しろは、ちぎれるほどしっぽをふり、ぼくのそばをはねまわった。

「しろ、うちへいこう。うちで、じいちゃんにかってもらおう。」

　ぼくは、しろをさそった。しかし、しろはどんなによんでも、浜《はま》から上《うえ》へはこなかった。首《くび》につなをしばって引《ひ》っぱっても、しろはついてこなかった。それどころか、すごい力《ちから》で、ぼくを海《うみ》のほうへ引《ひ》きずっていくんだ。ようやくぼくは、波《なみ》うちぎわの岩《いわ》に、つなのはしをしばりつけた。

「ちょっとまっちょれよ、じいちゃんをよんでくる。じ

いちゃんにおまえを見《み》てもらうんじゃ。」

ぼくは、砂《すな》をけってうちへはしった。うしろでしろが、悲《かな》しそうにほえた。

ぼくは、じいちゃんをたたきおこした。

「どうしたんじゃ。」

じいちゃんが、ゆっくりおきあがった。

「しろうまじゃ。浜《はま》で、しろうまをつかまえた。はやくきて！」

ぼくは、じいちゃんのねまきを引《ひ》っぱった。

びりり！　ねまきのやぶれる音《おと》がした。

「ばかもん！」

じいちゃんの手《て》が、ぼくのほおをぶった。

「おまえ、頭《あたま》がくるうたんか。」

じいちゃんが、ぼくの目《め》をのぞきこんだ。くやしくて、ぼくはなみだがでそうだった。うまれてはじめて、じいちゃんがきらいになった。

「ええか、はるぼう。だれもおらんときに浜《はま》へいっちゃいけんぞ。おまえまで海《うみ》にとられたら、じいちゃん、しんぞうがやぶれてしまう。」

じいちゃんは、低《ひく》い声《こえ》でいった。そして、ぼくの手《て》をがっちりにぎり、しげこおばちゃんちへつれていった。ぼくは、体温計《たいおんけい》をくわえさせられ、薬《くすり》をのませられ、母《かあ》ちゃんの横《よこ》にねかせつけられた。すこし、ねつがあったのだ。

「きのうにつづいて、今日《きょう》もたいりょうじゃ。わしがもどるまでには、元気《げんき》になっちょれよ。」

だいすけじいちゃんは、ぼくのふとんのえりをおさえると、でていった。

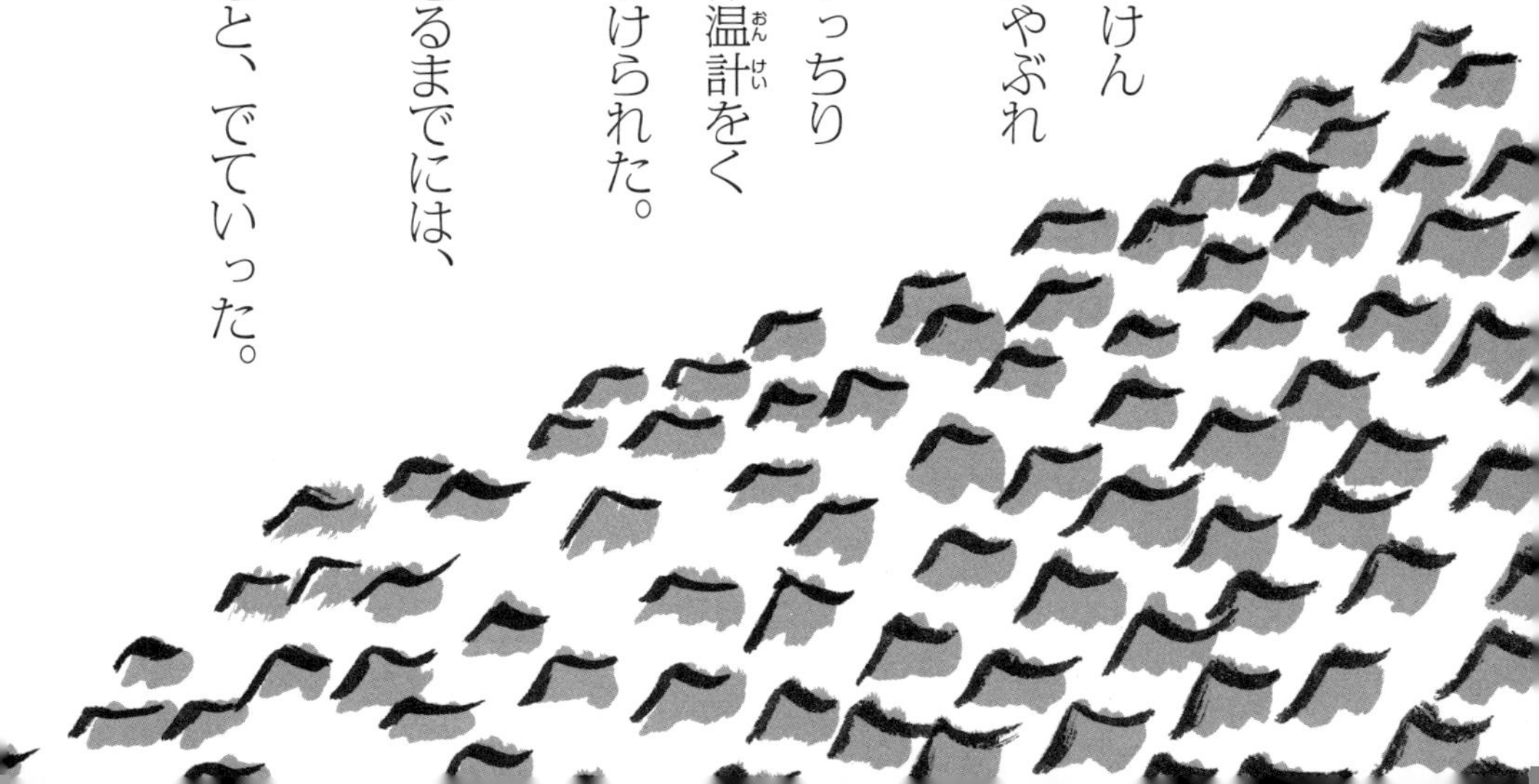

＊

あせびっしょりで、ぼくは、目《め》をさました。ふろの中《なか》のようにあつかった。

ぼんやりと、ぼくは今朝《けさ》のことをおもいだしていた。

暗《くら》いうちに浜《はま》へいって……

しろうまにあって……

つなでしばって……。

そこまで、おもいだしたとき、ぼくはあっと声《こえ》をあげた。しろうまを、岩《いわ》にしばったままだった！

ぼくは、はねおきた。はしりにはしった。そして、きしべにすわりこんでい

た。すうーと顔《かお》がつめたくなるのが、自《じ》分《ぶん》でもわかった。しろうまをしばった岩《いわ》は、見《み》えなくなっていた。潮《しお》がみちて、水《みず》のそこにしずんでいたのだ。

貝《かい》ほりのおばさんたちが、おしりをふりふりあがってきた。ふと下《した》を見《み》ると、死《し》んだかもめが一《いち》羽《わ》、波《なみ》にとぷとぷゆれている。

ぼくの体《からだ》が、ぶるぶるふるえた。

「だいすけじいちゃーん、もどってこーい！」

沖《おき》にむかって、ぼくはどなった。

昼《ひる》すぎになって、風《かぜ》が強《つよ》くなってき

た。まっ暗《くら》な雲《くも》の下《した》を、船《ふね》がきょうそうでかえってきた。だが、だいすけじいちゃんだけは、もどらなかった。夜《よる》になっても、もどらなかった。

雨《あめ》が、海《うみ》をたたきつけてはやんだ。

雲《くも》がやぶれ、かみなりが光《ひか》った。

じいちゃんを心配《しんぱい》して浜辺《はまべ》にあつまったりょうしたちが、めじるしのたきびをもやしはじめた。

「じいちゃんをたすけて！　じいちゃんをたすけて！」

のどから血《ち》がでるほど、ぼくはさけんだ。

「じいちゃんのことじゃ。ぜったいにだいじょうぶじゃ。」

しげこおばちゃんちのおじちゃんが、いった。

「どこか島《しま》かげで、あらしのやむのをまっちょるんじゃろう。」

しげこおばちゃんも、いった。ぼくのとなりで、みちこがなきはじめた。

ぼくは、ひとりでみはり台《だい》へかえった。足《あし》がふるえて、立《た》っているのがやっとだった。いつもじいちゃんがねる下《した》のベッドによこになり、目《め》をつぶるとなみだがでてきた。いちじくの葉《は》からおちる雨《あま》だれにあわせて、ぽっつりぽっつりぼくはないていた。

ふと、顔《かお》にあたたかい息《いき》をかんじて、ぼくは目《め》をひらいた。

しろうまがいた！　あのしろうまが、ぼくのなみだをなめていた。

「しろうま！」

ぼくは、しろうまの首《くび》にだきついた。しろうまは、今朝《けさ》のつなをつけたままだった。もう、犬《いぬ》になんかへんそうしないで、雪《ゆき》のようにかがやいてたっていた。

「しろうま。じいちゃんをたすけにいきたい！」

ぼくは、しろうまにいった。しろうまが大《おお》きくうなずいた。ぼくがつなをみはり台《だい》につなぐと、しろうまは台《だい》をひっぱりあるきはじめた。

さかをすべり、海《うみ》へでていった。

びゅうびゅう耳《みみ》もとで風《かぜ》がなった。

波《なみ》をくだると、まっ暗《くら》な海《うみ》ばかり。波《なみ》をのぼると、まっ暗《くら》な空《そら》ばかり。

しろうまははしった。ぼくをのせたしろうまの馬車《ばしゃ》は、夜《よる》の海《うみ》にぎん色《いろ》のすじをひきながら、どこまでもはしった。

いなずまが波《なみ》につきささり、むらさき色《いろ》のけむりをあげた。

ぼくは、おしっこがもれるほどおどろいた。いなびかりの中《なか》に、ぼくは見《み》たのだ。しろうまのむれが、海《うみ》のむこうをおよいでくるのを！

何《なん》百《びゃく》何《なん》千《ぜん》のしろうまが、たてがみを風《かぜ》になびかせ、海《うみ》をぎん色《いろ》にあわだてて、ぼくのほうにせまってくる。

ごうごうとうずまきながら、すすんでくる。

「じいちゃーん、もどってこーい！」

声《こえ》をかぎりに、ぼくはよんだ。

「だいすきじいちゃーん、もどってこーい！」

雨《あめ》としぶきでずぶぬれなのに、ぼくの体《からだ》は、あつかった。

やけつくのどで、ぼくはさけんだ。

「じいちゃーん！　しろうま！　こっちへこーい。」

うわごとのように、さけびつづけた。

「おーい、はるぼう！」

遠《とお》くで、だいすけじいちゃんの声《こえ》がした。

「はるぼう、はるぼう！」

だんだん声《こえ》がちかづいてくる。まっ白《しろ》なまっ白《しろ》なしろうまのむれに、朝《あさ》のさいしょの光《ひかり》があたり、たてがみがにじ色《いろ》にかがやく。

そのにじの中《なか》に、じいちゃんの顔《かお》があらわれた。

「はるぼう、しっかりせい！」

じいちゃんが、ぼくのかたをゆすった。

気《き》がつくと、ぼくはふとんの中《なか》だった。

しょうじに朝日《あさひ》があたり、いちじくのかげがうつっていた。

ぼくの顔《かお》の上《うえ》に、だいすけじいちゃんのしわしわの目《め》があった。

「だいぶうなされちょったようじゃね。」

母《かあ》ちゃんの声《こえ》がきこえた。

「ねつが高《たか》かったけんね。」

しげこおばちゃんがいった。

「ぼく、しろうまの馬車《ばしゃ》で、じいちゃんをたすけにいっちょった。しろうまがいっぱい、まっ白《しろ》に、じいちゃんをぼくのほうへおしてきて……」

ぼくがいいかけると、

「ちろうま！　ちろうま！」

みちこが、まわらぬ口《くち》でさけんだ。

しげこおばちゃんが、うんうん首《くび》をふった。

「そうよねえ。はるぼうの思《おも》いが、とどいたんかもしれんねえ。船《ふね》のかじがおれて、あらしにもまれちょったら、ありがたい風《かぜ》が、じいちゃんの船《ふね》をきしへふきよせてくれたんじゃそうよ。」

だいすけじいちゃんは、だまって庭《にわ》へでていった。
そしてもどってくると、ぼくの口《くち》に、むいたいちじくの実《み》をおしこんだ。
あまいあまいあじが、ぼくののどをとおり、ぼくの体《からだ》じゅうにつたわった。
その年《とし》はじめての、もぎたてのつめたいいちじくだった。

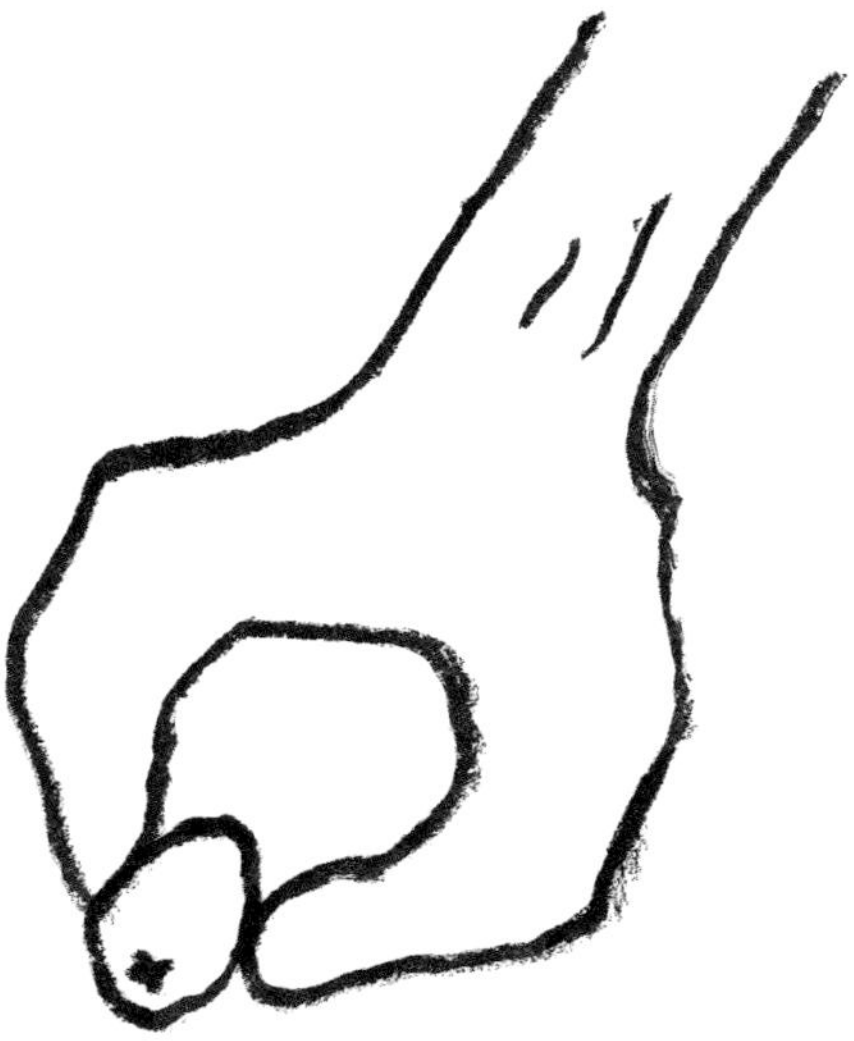

あとがき❖長さんの島

優しいまなざし

山下《やました》明生《はるお》

忘《わす》れもしない長《ちょう》さんの一言《ひとこと》――。

「あなたのお話《はなし》が最初《さいしょ》の本《ほん》になるときには、ぼくが絵《え》を描《か》いてあげましょう」

出版社《しゅっぱんしゃ》に勤《つと》めながら同人誌《どうじんし》「こだま」に作品《さくひん》を発表《はっぴょう》していた私《わたし》に、長《ちょう》さんはそういってくださいました。その言葉《ことば》にはげまされて、一九七〇年《ねん》に出版《しゅっぱん》したのが、処女作《しょじょさく》『かいぞくオネション』でした。つづいて長《ちょう》さんの絵《え》になる『海《うみ》のしろうま』は、野間児童文芸賞《のまじどうぶんげいしょう》の推奨《すいしょう》作品賞《さくひんしょう》を受《う》け、つぎの『はんぶんちょうだい』で小学館文学賞《しょうがくかんぶんがくしょう》と幸運《こううん》が重《かさ》なり、作家《さっか》として独立《どくりつ》するきっかけとなりました。

『ダッテちゃん』の絵《え》ができたとき、息《いき》を呑《の》むほどに美《うつく》しい朝焼《あさや》けのページがつづいていたので、「赤《あか》のきれいな本《ほん》になりますね」といったら、「赤《あか》の絵《え》の具《ぐ》があまっていたのよ」と、冗談《じょうだん》をいっておられた長《ちょう》さんでした。思《おも》えば『まほうつかいのなんきょくさん』のラストの言葉《ことば》、「いつか、あたし、歯《は》ブラシをとりかえしに、なんきょくへいくんだ」という主人公《しゅじんこう》にかわって、灰谷健次郎《はいたにけんじろう》さんといっしょに南極《なんきょく》の端《はじ》っこまで出《で》かけたのは、講談社《こうだんしゃ》から本《ほん》が出版《しゅっぱん》されて、三〇年《ねん》も後《あと》のことでした。

　発行当時《はっこうとうじ》の雰囲気《ふんいき》を残《のこ》すため、本書《ほんしょ》に取《と》り上《あ》げた絵《え》は、原画《げんが》から起《お》こすのを基本《きほん》とし、原《げん》画《が》が見《み》つからないものは、フィルムや原本《げんぽん》から絵《え》を転用《てんよう》しました。

　本書《ほんしょ》では掲載《けいさい》できませんでしたが、『うみぼうや』のシリーズや『へんてこ島《じま》がありました』『しっぽなしさん』『海《うみ》の中《なか》から電話《でんわ》です』などなど、長《ちょう》さんに絵《え》を描《か》いていただいた作《さく》品《ひん》は、十指《じっし》にあまります。

　長《ちょう》さんとの出会《であ》いは、出版社《しゅっぱんしゃ》に入《はい》って間《ま》もなくの一九六三年《ねん》からでした。当時《とうじ》、今江祥智《いまえよしとも》さんの連載《れんさい》を何年《なんねん》にもわたって担当《たんとう》していて、その挿絵《さしえ》が長新太《ちょうしんた》さんだったのです。仕事《しごと》のおそい私《わたし》は、「長《ちょう》でーす」「いいですよー」というやさしい電話《でんわ》の声《こえ》に、どれだけ助《たす》けられたか知《し》れません。

仕事以外《しごといがい》でも、ヨット「てふてふ号《ごう》」のグループとしてごいっしょすることになり、たくさんの愉快《ゆかい》な冒険《ぼうけん》をしました。長《ちょう》さんは座談《ざだん》の名手《めいしゅ》で、何気《なにげ》ない顔《かお》で洒落《しゃれ》を連発《れんぱつ》しては、船《ふね》の仲間《なかま》を楽《たの》しませてくれました。そもそも「てふてふ」という船《ふね》は長《ちょう》さんにちなんでつけたもので、三代《さんだい》の艇《てい》で四〇年間《ねんかん》乗《の》り継《つ》ぎました。

「水難《すいなん》の相《そう》がある」と、自《みずか》ら語《かた》る長《ちょう》さんでしたが、私《わたし》たちは、「長《ちょう》さんがいっしょならすべて大丈夫《だいじょうぶ》」と、信頼《しんらい》しきっていました。

長《ちょう》さんが亡《な》くなられた今《いま》、何気《なにげ》なく語《かた》られた長《ちょう》さんの一語一語《いちごいちご》が、私《わたし》の胸《むね》に迫《せま》ります。

「子《こ》どものように無心《むしん》で描《か》きたい」と、長《ちょう》さんはよくいっていました。「水《みず》を見《み》ると心《こころ》が和《なご》む」ともいっていました。私《わたし》が「孤島《ことう》の灯台守《とうだいもり》になりたい」としゃべったときには、「あ、そう。ぼくは、水族館《すいぞくかん》の亀《かめ》の飼育係《しいくがかり》になって、毎日《まいにち》亀《かめ》の背中《せなか》を洗《あら》っていたい」と、おっしゃいました。

長《ちょう》さんは、いつも優《やさ》しいまなざしの、飾《かざ》らない自然体《しぜんたい》の人《ひと》でした。

山下明生
やました はるお

一九三七年東京都生まれ。瀬戸内海の広島県能美島で育つ。京都大学文学部仏文学科卒業。児童書編集を経て、一九七〇年に『かいぞくオネション』（長新太絵・偕成社）を出版。以後、幼年童話、長編創作、英語、仏語の翻訳など幅広く活躍。『海のしろうま』（長新太絵・理論社）で野間児童文芸賞、『はんぶんちょうだい』（長新太絵・小学館）で小学館文学賞などを受賞。主な作品に『島ひきおに』（梶山俊夫絵・偕成社）『ふとんかいすいよく』（渡辺洋二絵・あかね書房）『ねずみのでんしゃ』（いわむらかずお絵・ひさかたチャイルド）など多数。絵本の翻訳に「バーバパパ」や「カロリーヌ」シリーズなどがある。

長 新太
ちょう しんた

一九二七年東京都生まれ。新聞社勤務を経て、一九五五年に独立し、絵本、漫画などで活躍。日本を代表するユーモア・ナンセンス作家。山下明生との作品は本書収録作品のほかに、『うみぼうやとうみぼうず』（のら書店）、『しっぽなしさん』（偕成社）、『へんてこ島がありました』（童心社）など。『おしゃべりなたまごやき』（寺村輝夫作・福音館書店）で文芸春秋漫画賞、『はるですよふくろうおばさん』（講談社）で講談社出版文化賞、『キャベツくん』（文研出版）で絵本にっぽん賞大賞、『トリとボク』（あかね書房）で路傍の石幼少年文学賞など、受賞作品も多数ある。

底本

はんぶんちょうだい
小学館　一九九五年（改訂版）

かいぞくオネション
偕成社　一九八八年（改訂版）

まほうつかいのなんきょくさん
講談社　一九九〇年

ダッテちゃん
あかね書房　一九七七年

海のしろうま
理論社　一九八〇年（改訂版）

本シリーズ収録にあたり、漢字表記を統一しています。一部加筆、修正しております。

山下明生・童話の島じま1
長 新太の島・かいぞくオネション

二〇一二年三月一〇日　初版発行

作者……山下明生
画家……長 新太
発行者……岡本雅晴
発行所……株式会社あかね書房
〒101-0065
東京都千代田区西神田3-2-1
電話　03-3263-0641（営業）　03-3263-0644（編集）
http://www.akaneshobo.co.jo
印刷所……株式会社精興社
製本所……株式会社難波製本

ISBN978-4-251-03051-1　NDC913　128ページ　22cm